U0550750

看守者之眼

よこやまひでお
橫山秀夫

王蘊潔 譯

目次

看守者之眼

1

冷死了。寒意襲人，冷進骨子裡。山名悅子從椅子上微微起身，攤開膝上毯，把下半身包起來。「氣溫將持續下降，恐怕必須收回日前認為今年會是暖冬的預測。」辦公大樓的暖氣關掉之後，她終於理解今早氣象播報員這番拐彎抹角的辯解。

——千萬不要下雪，否則我就沒辦法回家了。

R縣警警務部門的各個課，都在總部大樓的三樓。位在北側角落的教育課辦公室內靜悄悄的。當其他同事邁著雀躍的步伐，準備前往春酒的會場時，悅子哭喪著臉告訴其他同事「我要留下來加班」。雖然很不滿，但其實她此刻確實沒有享受宴會的心情。

辦公桌上堆滿文稿和校樣。她奉命負責編輯的縣警內部刊物《R警人》二月號，但進度並不順利。檯燈燈罩上，貼著印刷廠的加藤社長用紅筆寫的便條紙。『一月二十五日校對完成。二十六日印刷。二月一日發行。』悅子感到絕望。這一年來，經驗豐富的資深上司指導她進行編輯工作，但是上司即將退休，目前正在休長假，悅子無法想像自己拿著六十四頁B5尺寸的完成品送去各課的樣子。

——先從簡單的開始做。

她從架子上拿下寫著大大的「嬰」字的公文袋，把裡面的東西都倒在桌子上。總共有二、三十張嬰兒的生活照。這些都是很受歡迎的『我家大明星！』專欄要使用的照片，父母都爭先恐後地曬出自家的寶貝有多可愛。她把每一張照片翻過來，把背面寫的簡介資料填寫在表格上。嬰兒的姓名、取名背後的故事。生日、父母的名字和所屬的部門……她寫到第七張照片時，就忍不住咂嘴。資料並不完整。S警署交通課的巡查長，漏寫了太太的名字。

——也不想想是誰生的？

悅子眼神銳利地看向牆上的時鐘。已經七點多了，這位巡查長應該已經下班回家。真是麻煩。雖然想要打電話去巡查長家裡確認，但R縣警並沒有網羅所有職員資料的通訊錄。悅子剛進R縣警時曾經聽說，以前有製作過，而且每年都會更新，但後來擔心個資外流，就終止了。各警署當然有內部聯絡用的通訊錄，以備緊急召集之需，悅子其實可以打電話去S警署，詢問巡查長家的電話，只是她沒有這種勇氣。她不是女警，警署的人不可能記得在總部工作的女性事務職員。就算使用警用電話打電話去問，仍然一定會被值班員警問一大堆問題——妳是誰？真的是教育課的人嗎？妳和巡查長是什麼關係？

悅子收起嬰兒的照片，放回公文袋，把印刷廠在傍晚時送來的初校校樣攤在桌上。『新年閱兵感想』、『派出所通訊』、『接受十年表揚』。她看了每一篇文章的標題和內文，幸好都並不需要大幅修改。她的心情總算好一點，把手伸向放著原始稿件的架子。首先是『美味餐廳・實惠餐廳』，這個專欄介紹職員經常光顧的餐廳——為什麼蕎麥麵店的比例這麼高？接著是『案件——凶手就是這個傢伙！』由破案立功的刑警和鑑識課員以紀實風格撰寫的嚴肅文章。這個月的內容是逮捕強盜犯的經過。悅子之前都看得很開心，但是今天晚上幾乎只是快速掃過。標上四平八穩的標題，在版面設計稿紙上寫下照片的位置，放進要送去印刷廠的信封後站起來。她的手凍僵了，於是去置物櫃裡拿出小型電暖器。

——這才是大問題。

悅子把寫著「退」這個字的厚實公文袋拿到自己面前。這個「勞苦功高特輯」是每年二月號的重點，專門刊登將在春天退休的警察和事務職員的回顧手記，同時附上照片，以慰勞他們工作多年的辛勞。今年總共有四十七名人員退休。

悅子開始進行前置作業，用迴紋針把即將退休的人送來的稿子，和向警務課借來的照片夾在一起。她才整理沒幾個人，就立刻停下來。「教育課主要幹部・久保田安江」。她是悅子的上司，照片中的安江很上相，不，應該是說表情很不錯。悅子之前從來沒有看過安江露出這麼平靜溫柔的表情。

她看了安江的手記。手記中回顧她二十年編輯工作的辛勞和採訪過程中的點滴，以及對《R警人》的感情……始終單身的安江經常把「工作就是我的戀人」這句話掛在嘴上，想必她內心深處有不願意把心愛戀人交給他人的想法，因此對悅子的態度很冷淡。悅子和她一起工作一年，可惜直到最後，都無法和她打成一片。

悅子帶著複雜的心情繼續讀下去，突然大吃一驚。因為文章的結尾寫著——

『雖然就像是離開自己的孩子，內心倍感寂寞，但接手的山名悅子小姐將帶著年輕的心，繼續照顧《R警人》，讓我鬆了一口氣，同時帶著巨大的期待，享受當讀者的樂趣。』

悅子頓時憂鬱起來。我可不想照顧別人的孩子，壓力實在太大。悅子從來不覺得警察內部雜誌的編輯工作有什麼吸引力，如果未來的十年、二十年都要當《R警人》的編輯——

悅子才剛滿二十六歲，目前還無法預想未來的事，但無論是否結婚，都希望能夠繼續工作。六年前，悅子報考地方公務員考試，純粹是著眼於良好的福利，與當時為求「鐵飯碗」的熱潮無關。她那任職於縣政府的父親儘管體弱多病、頻繁住院，卻依然能撐起家計，讓身為四姊妹中老么的她順利讀完短期大學。而在地方百貨公司擔任商品顧問的母親，在泡沫經濟崩潰時，馬上就遭到公司裁員，之後整天在家裡唉聲嘆氣。母親原本在悅子心目中是「家裡的太陽」，如此巨大的變化，讓她對母親的認識跟著改變了。

她上短大時，就決定以後要當公務員，但是她既不想在縣政府工作，又不想去學校，而是希望進入警界從事事務工作。這是因為這麼多年來，看多父親的工作日常，覺得未免過於單調平淡。除了生活安定以外，她還希望增加一點點刺激。她很喜歡看刑警電視劇，又經常看推理小說。脾氣火爆的刑警在職場內互不相讓，爭得面紅耳赤，逐一解開事件的所有謎團。終於破案時，所有人都興高采烈。也許自己未來的丈夫就是沉著老練的刑警？悅子在進入縣警之前，這種天真的想像遊戲讓她樂此不疲。

沒想到最後竟然被分配到和刑事案件完全沾不上邊的管理部門教育課。教育課的同事全都是自以為是菁英的無趣男人。但是在警察體系中，終究還是得看警察的臉色，課內的事務職員和其他部門一樣，都沒什麼話語權。就連向來直言不諱的安江，仍曾經在喝醉酒時，不小心說出真話。「哭鬧的小孩和警察都讓我甘拜下風」——

「巡邏。」

辦公室的門被打開，生活安全課的女警高見拿著手電筒探頭進來。

「辛苦了。」

兩個人同時說道，但只有悅子向高見微微鞠躬。

「請節約用電。」

高見不假辭色，直視著悅子。

「啊，好，對不起。」

悅子慌忙關掉電暖器，但是她發現高見抬頭看著上方，才知道她說的節約用電是指辦公室內的電燈，立刻臉紅。

關掉一半日光燈後，感覺更冷了。悅子回到辦公桌前，嘆著氣，看向女警高見前一刻離開的那道門。自己剛才為什麼表現得那麼卑微？悅子的年紀還比高見大一歲，女警並不至於看不起事務職員，悅子也有關係很好的女警朋友，平時經常一起聊天說笑，會一起去逛街、吃飯。但是，難免發現在聊天或是想法上，事務員和女警還是會有微妙的距離感，總覺得難以消弭對「工作」和「職務」的意識落差。

——今天處理完這些就回家吧。

悅子調整心情，拿下迴紋針。目前還剩下四十三個人。她核對回顧手記上的名字，和照片背面的名字是否相符。田中。鈴木。吉田。同姓的人很多，因此格外耗神。

最艱困的階段已經過去，剩下的數量慢慢減少，核對起來就方便多了。還剩下五個人……

咦？悅子歪著頭納悶。

還有五張照片，但稿子只有四份。她慌忙將四份資料配好，看向剩下那張照片的名字。

『F警署警務課拘留管理股主任．近藤宮男』

悅子打開寫著「退」字的公文袋檢查。沒有，公文袋裡是空的。她又在剛才推到辦公桌旁的那堆校對稿中翻找，她知道自己臉色漸漸發白。

弄丟了嗎？

不，這是由上一任負責人安江向這些即將退休的前輩邀稿，也是她負責回收。之前還一副像是施了什麼天大恩惠的態度對悅子說：「全都收齊了喔。」

悅子將坐著的椅子向後移動，在桌子下面翻找。沒有任何東西。她站起來，在辦公室的地上察看，然後又跑回辦公桌前，重新檢查四十六份稿子，確認有沒有兩份稿子黏在一起。

每份稿子都是單獨一張。她打開電腦，找出即將退休人員的名單，瀏覽著名單上的每一個名字。近藤宮男……找到了。他的確即將在春天退休。

悅子心情煩躁地從皮包裡拿出手機，打電話到安江的家中。電話轉到答錄機，她一口氣說完要確認的事，又重新檢查辦公桌周圍以及公文袋。

——真的有這篇稿子嗎？

也許是安江搞錯。她是不是忘了向近藤邀稿？或是她以為有收到稿子，但其實這個姓近藤的主任根本還沒有交稿。

近藤宮男……之前從來沒有聽過這個名字。F警署警務課拘留管理股……F警署，就是去年因為主婦失蹤案引起軒然大波的警署。

啊。悅子叫出聲。

她又拿出手機。和她同期進入警界的天野小百合，就在F警署當事務員。她沒有撥打小百合的手機，而是選擇打她家裡的電話。小百合最近交了男朋友，晚上都很晚才回家，但如果她人在外面，就算打手機找到她，她手上沒有F警署的通訊錄也沒有意義。

『哇，是小悅啊。有什麼事嗎？』

她在家。悅子聽到小百合甜美的聲音，覺得就像是天降神助。

「不好意思，這麼晚打擾妳，我想請妳幫我查一個人的電話。」

悅子簡單說明情況。

『近藤？喔，妳是說那個怪胎。』

怪胎？

經過讓人焦急的等待之後，電話彼端又傳來說話聲。小百合把近藤宮男住家的地址和電話告訴悅子。悅子道謝完準備掛電話，小百合還有話說。

『小悅，妳後來和妳男朋友還好嗎？』

悅子一時說不出話。

「——可能快分手了。」

『我也是。』

難怪小百合這麼早就回到家。如果打開話匣子，恐怕會聊很久。

「對不起，我正在趕手上的工作，我們改天再聊。」

悅子掛上手機後，立刻拿起辦公桌上的電話，撥打剛才記下來的電話號碼。電話中傳來鈴聲，近藤不在家嗎？

她用空著的手拿來近藤的照片。剛才在核對時，只注意照片背面寫的名字，並沒有仔細看他的長相。

她倒吸一口氣。近藤臉色蒼白，臉頰凹陷。鼻子很尖，凹陷的雙眼眼神陰鬱。

悅子抖了一下後，對方剛好接起電話。

2

悅子在九點半離開縣警總部辦公大樓。

車子上的暖氣還無法吐出足夠的暖風，悅子緊緊握著冰冷的方向盤，感覺手都有點痛了。她正準備前往近藤宮男的住家，剛才接電話的是近藤的妻子有紀子，說近藤不在家，也沒有手機，應該很快就會回家，請悅子直接去他們家等。有紀子直爽的態度讓悅子覺得好像抓到浮木，於是立刻離開辦公室。

春酒目前應該進入高潮，課長臨走時說，希望悅子可以在續攤時去參加。就算真的去了，也只是幫其他同事倒酒。根本沒有任何開心的事。悅子自我安慰地嘀咕後，用力踩下油門。

今天晚上一定要找到近藤，搞清楚為什麼會缺少一份。是安江忘記邀稿？還是稿子弄丟了？或是近藤還沒完成？

不……

他可能根本不想寫。悅子隱約覺得應該是這樣。有紀子甚至不知道丈夫受邀寫文章的事。悅子腦海中浮現近藤照片中那雙陰鬱的眼睛。這個人不是個性陰沉，就是很難搞。

——為什麼會發生這種事？

四十七個人中，不能少任何一個人。無論發生任何事，二月號都必須刊登所有退休人員的照片和回顧感想。悅子很清楚，在警察組織中，員警的退休是多麼重要的儀式。吹捧、讚不絕口，語不驚人死不休地把他們捧上天，在這種誇張的讚美和掌聲中，為這些完成職業生涯的前輩送行。這或許是提升在職者士氣的儀式，提醒繼續留在工作崗位上的人要再接再厲，以畢業前輩的豐功偉績為榜樣，歌頌警察職務的崇高，藉此促進組織的團結。就好像葬禮不是為死去的人舉辦，而是為了活著的家屬。

車上的暖氣終於開始發揮功能時，車子已經來到近藤家所在的住宅區。不知道是否該稱為廉潔，近藤開始退休前的長假後，就立刻遷出F警署的宿舍，搬進這棟租來的獨棟住宅。

「來來來，妳快進來，趕快進來。家裡很亂，還沒有整理。」

有紀子和電話中一樣，爽朗地請悅子進屋。家裡的確還沒有整理好，悅子跟著有紀子走進客廳時，發現還堆著業者標誌很醒目的搬家紙箱。

有紀子說要去倒茶，就走進屋子後方，在看不見人影的地方，不停地和悅子閒聊。他們夫妻有兩個年紀相差不到一歲的兒子，目前都在東京讀大學。兒子都住在宿舍內。每個月匯十六萬圓給兩個兒子之類的。在她急促的腳步聲回到客廳之前，悅子已經掌握了近藤家大致的家庭狀況。

「我想他應該快回來了──啊，把腳放進暖桌吧。」

「謝謝──請問妳先生去哪裡了？」

悅子急切地問，有紀子有不少皺紋的圓臉露出少女般的笑容。

「呵呵呵，妳也知道，我老公是刑警。」

他是刑警？

近藤不是拘留室的看守嗎？

「我都叫他洞穴刑警。」

「啊？洞穴……」

有紀子又發出呵呵的笑聲。

「我以前都叫他基督山伯爵，也就是巖窟王。」

有紀子帶著純真的笑容，說著她丈夫的事，但是她說的內容，讓悅子笑不出來。

有紀子告訴悅子，近藤在三十八年的職業生涯中，有二十九年都是警署內拘留室的看守。他從最初當巡查時，就一直希望成為刑警，但始終沒有如願。雖然他當了一輩子看守，但始終沒有放棄刑警夢。看守的工作就是監視和看管遭到拘留的犯罪嫌疑人，從早到晚面對各式各樣的罪犯，很自然地培養起「刑警的眼力」。因此，R縣警的大部分轄區警署，都會安排有潛力成為刑警的年輕人，在拘留室當一兩年的看守累積經驗。近藤在這個可以成為「刑警實習制度」的慣例孤注一擲，每次調到其他轄區警署時，都會主動要求當看守。他相信總有一天，會提拔他當刑警——

悅子內心湧上同情。

「既然他這麼想當刑警，為什麼到退休都沒有成為刑警？」

「難度太高了，我老公在警察學校的成績吊車尾。」

「呃……」

「對，妳應該知道，畢業時的成績排名會影響一輩子。只有優秀的人才能當刑警。」

悅子第一次聽說這件事。

「他是刑警心態的看守，於是我叫他洞穴刑警。」

悅子想要對有紀子露出笑容，但表情扭曲起來。

之前實習時，她曾經去參觀過拘留室。那裡是全縣最老舊的警署，正在進行管線修補工程，因此拘留室的人暫時移至其他警署。她明知道拘留室內空無一人，但雙腿還是忍不住發抖。從刑事課通往拘留室的狹窄走廊盡頭，有一道生鏽的鐵門擋住去路。陪同參觀的課長按下入口的黑色按鍵，過了一會兒，門就打開了。據說看守從只能由裡面看向外面的窺視孔，先確認來者之後，再打開門鎖。門內是另一個世界，空氣混濁，燈光昏暗。當時依次參觀了拘留室內的各個空間。接見室、保護室、浴室。位在中央的看守台比較高，悅子聽從課長的指示，站在看守台上，巡視著呈扇形隔成九間的囚室。冰冷的鐵欄杆、發酸的餿味，還有震耳欲聾的鐵門開闔聲——全都撲面而來。

聽說新建造的警署拘留室更明亮、更現代化，看守是透過監視器，監視遭到羈押的嫌犯，但是悅子無法想像那是什麼樣的空間，只是很懷疑那天看到的可怕封閉空間，有可能發生巨大的變化嗎？

「他今天怎麼這麼晚還沒回來？」

悅子聽到有紀子的聲音吃了一驚。已經十點半了。

「請問……妳先生去了哪裡？」

「一定是辦案。」

「辦案？」

呵呵呵。有紀子又笑了。

「洞穴刑警終於走出洞穴，因為他退休了。」

悅子目瞪口呆，猜不透有紀子接下來想說什麼。

有紀子喜孜孜地拍拍旁邊的紙箱。

「這些全都是那起案件的資料，但大部分都是從報紙上剪下來的剪報。」

悅子越聽越糊塗了。

「那起案件是指？」

「就是那個啊，一年前那起沒有屍體的命案！」

悅子倒吸一口氣。

山手町的主婦失蹤案——

剛才在總部時，得知近藤在F警署工作，腦海中也閃過這起案件。那是一起引發社會關注的重大刑案，八卦性十足，又充滿懸疑，持續成為談話性節目熱門話題，熱愛推理的悅子也對那起案件充滿興趣。這起案子讓R縣警在陰溝裡翻船，雖然傾全力追查那名主婦的外遇對象，最後卻無法讓該名男子俯首認罪，只能放人。整起案件至今仍然無法真相大白。

近藤在繼續偵辦那宗案件？怎麼可能有這種事？

「但是妳先生並不是刑警吧？」

「妳忘了嗎？那個男人不是因為其他案子被逮捕嗎？當時關在拘留室時，就是由我老公看管他。」

「啊？這麼說，妳先生當時掌握了什麼線索嗎？」

有紀子突然皺起眉頭說：

「山野井那傢伙，竟然一天比一天更凶狠凌厲。」

有紀子似乎在模仿近藤說話，說完之後，拍著手笑了。

「請問……這句話是什麼意思？」

「我也不知道。」

有紀子的聲音突然沒了氣勢，似乎表示她完全猜不透。

悅子逐漸膨脹的好奇心一下子萎縮。雖然她對那起主婦失蹤案充滿好奇，但是超過一百名刑警連日追查，仍然無法破案。事隔一年到了現在，一名退休的看守獨自行動，追查這起案件——可說完全沒有真實感。不，現在無暇打聽近藤的動向，自己只是想拿到他寫的稿子。

快十一點了。雖然有紀子很親切，但不能一直賴著不走。即便近藤現在回來，不知道他會怎麼看待這麼晚還賴在別人家裡的陌生女子。他八成心裡會很不舒服，搞不好還會動怒。雖然有紀子剛才的話，大大改變了悅子對近藤的印象，但是她並沒有忘記照片中那張看起來很陰沉的臉。

改天再來吧。悅子撕下記事本中的一張紙，寫下來訪目的，同時留下手機和家裡的電話號碼，希望近藤和自己聯絡，無論再晚都沒有關係。

悅子在玄關穿鞋子時，前一刻暖桌下的溫暖瞬間消失了。

「不好意思，打擾妳到這麼晚。」

「我才不好意思，我老公真是的。」

她又呵呵笑了。

「不過，就隨他高興吧，畢竟他那麼想當刑警，老天應該不至於怪罪吧。」

3

回到公寓後，公寓的地板就像冰一樣冷。

答錄機的燈在閃爍。是近藤打來的嗎？悅子帶著一絲期待聽取留言內容，答錄機中傳來俊和的聲音。妳似乎很忙啊。諷刺的話語在房間內響起，隨即消失了。

——莫名其妙。如果有事，為什麼不打我手機？

悅子用力按下刪除留言鍵。

遠距離戀愛。她和俊和之間，已經稱不上這種酸酸甜甜的關係。從那天至今，他們已經有三個月沒見面了。在博多的那個夜晚，俊和突然求婚，完全出乎她的預料。

俊和向她求婚時，她內心當然想要點頭答應，卻無法立刻開口。這件事讓悅子感到不安。她覺得應該是自己還沒有做好要和俊和牽手一輩子的心理準備。父母的身影閃過她的腦海。她無法不想到「結婚就等於日復一日的柴米油鹽」這件事。

俊和深信悅子會回答「我願意」，他自信滿滿的臉更增加悅子內心的不安。俊和是比她大一屆的高中學長，看起來並沒有實際年齡那麼成熟，是個二十七歲、經常外派調動的上班族。悅子當下覺得博多的夜景變得很可怕，於是她脫口說出「但是，我不想辭掉公務員工作」這句話。

她並不是拒絕俊和的求婚。俊和在R市出生，他是家中的長子，遲早會回到老家，照顧父母終老。悅子一直這麼認為，但是，俊和聽到悅子的回答後，立刻皺起眉頭，臉色變得很難看，之後就沒有再開口。悅子很不安，很擔心與俊和的關係就這樣結束了。她知道如何平息俊和的怒氣，那天晚上，悅子帶著必須履行自己應盡義務的心情，去了俊和的員工宿舍。她不願意回想走進俊和宿舍之後發生的事。俊和對她的行為極其粗暴。隨著日子一天一天過去，她覺得那根本就是強暴。

——好冷……

木地板的房間還是冷得像冰箱。

暖氣完全無法發揮作用。悅子只能用毛毯把自己從頭裹到腳，一直守在電暖器前。

近藤沒有打電話來。悅子的手機沒有關機，但等到十二點，手機仍沒有響。疑惑像氣體一樣在內心持續膨脹。這麼晚還不回家，他到底在忙什麼事？辦案？太荒唐了。近藤並不是刑警，而且即將退休，目前正在休長假。悅子剛才在有紀子面前，假裝很有興趣，但其實內心根本不相信。六十歲的人，還在拚命追查某起案子，簡直就像小孩子鬧著玩。他是不是欺騙老實的太太，自己在外面花天酒地？喝酒？還是賭博？搞不好是玩女人。電話交友、援助交際、交友網站，這種從來不曾有過女人緣的老男人，不是很容易陷進去無法自拔嗎？

雖然悅子在內心徹底貶低近藤，但有一件事為她混濁的思緒踩下煞車。

在看守台上坐了二十九年，一心夢想成為刑警的男人——

二十九年……比悅子活在這個世上的歲月更久。近藤對自己這種極其特殊的警察生涯即將畫上句點的感想……猜不透。完全無法想像。但是，正因為無法想像，所以不免產生搞不好真有這回事的想法。

悅子看向放在牆邊的層架式收納櫃。

她裹著毛毯，半蹲著走到牆邊。每一個收納櫃中都塞滿編輯內部雜誌所需要的資料。她記得公關課製作的新聞剪報資料夾就放在裡面。

果然有。悅子抱著厚厚的資料夾，用膝蓋跪在榻榻米上走路，回到電暖器前的專屬座位。她翻了幾頁，立刻就找到了。「山手町主婦失蹤案」。資料夾內的報紙剪報多得驚人。案件發生至今剛好滿一年。

咦？

悅子突然感覺有些奇妙。

她看向牆上的月曆。一月十三日。真的不多不少，整整滿一年。報導上提到那名主婦失蹤的日期，就是一月十三日。

她突然有一種不祥的預感。

近藤絕對知道這件事。正因為知道今天是那名主婦失蹤一整年的日子，所以才——

悅子看著半空，眨眨眼睛。

她想不出答案。

但是她的好奇心極為強烈。這起案件發生當時，她就很感興趣。當她低頭看剪報時，當時的記憶立刻甦醒。

整件事的序幕，是一起離奇的失蹤案。

住在山手町的二十七歲家庭主婦九谷江美子，在傍晚出門買菜途中突然消失不見。五天後，F警署逮捕同住在山手町，自稱是珠寶商的三十歲男子山野井一馬，罪名是竊盜，但正如有紀子所說，很明顯是另案逮捕。山野井是單身，和有夫之婦江美子發生婚外情。R縣警認為兩人感情生變，導致山野井行凶殺人。

山野井完全沒有抵抗，接受偵訊。承認與江美子有肉體關係，以及江美子曾經提出分手。當負責偵訊的刑警告知有目擊證人後，他也承認在江美子失蹤當天，曾經在超市停車場見面的事實。但是，他只承認這些事，並且堅稱「只聊了五分鐘左右就分開了」。

沒有屍體的殺人案——

媒體做出這樣的結論後大肆報導。但他們並非空穴來風，而是有足夠的證據得出這樣的結論。之後逐漸浮上檯面的所有間接證據，都指向山野井就是凶手。報章雜誌爭相大肆報導，不過電視持續傳播宛如洪水般的龐大資訊，又更勝於文字媒體的威力。

無論怎麼看，這起案件都是談話性節目最愛的題材。江美子的外形像模特兒般亮麗，而且任勞任怨地照顧因為腦中風而臥床不起的公公，有所謂「好媳婦」的一面。她的丈夫九谷一朗個子不高，但五官很立體，看起來像混血兒。雖然是地區銀行的貸款股股長，但積極接受電視的採訪，在鏡頭前深切地訴說對愛妻的思念，不時放聲大哭，毫不掩飾對遭到羈押的嫌犯山野井的憎恨。他甚至在現場連線時，說出「我要殺了他」這種駭人聽聞的話。不，之後才知道，九谷的這句話並非戲言。

另一名主角山野井的形象同樣很鮮明。他身高一百八十公分，長相讓人聯想到民間故事中的赤鬼。他住在坡道上方三層樓洋房中，愛車是鮮紅色保時捷。他的父親是已故的田中弓成，是有黑道背景的職業大股東，據說足以影響國家政局。他的母親是田中在故鄉的妾室，曾經是赫赫有名的香頌歌手。山野井在母親的溺愛中長大，珠寶商的頭銜只是虛有其名，他並沒有做任何像樣的工作，只是揮霍父親的遺產過日子。他從小讀書的成績名列前茅，打高爾夫和滑雪都有職業水準，但這些可能是用金錢堆出來的。

根據山野井的供詞，他在案件發生的一年半前，在市區的咖啡店認識了江美子。那天他們剛好都坐在吧檯前，聊到香頌時一拍即合，關係進展神速。之後，他們頻繁在山野井的家中幽會。山野井的母親有嚴重的社交恐懼症，她避世隱居、與世隔絕多年，幾乎不見人，因此即使兒子把家裡當賓館，她也完全沒有發現。山野井和江美子在案件發生的一個月前感情生變，江美子突然提出分手，分手的理由是「這種婚外情持續下去，會讓我害怕」。

所有人都認為，山野井聽到江美子要求分手後勃然大怒，於是痛下殺手。

這起案件有很多間接證據。江美子朋友的證詞成為最關鍵的證據。在江美子失蹤的一個星期前，曾經在深夜打電話給那位朋友，說外遇的對象不願意分手，她十分害怕，還說對方可能會殺了自己。江美子在電話中一直哭。

失蹤前一天的目擊證詞也很關鍵。山野井在他家附近的路上毆打江美子的臉部，剛好被附近的主婦看到。那名主婦證實，山野井當時對著江美子大吼「妳休想！」，江美子的眼睛下方發腫，有一片瘀青。

失蹤當天。江美子在下午四點多，出現在常去的超市。有好幾名店員都看到右眼戴上眼罩的江美子。負責收銀的女店員記得江美子在結帳時，手腕和手背上都有瘀青——這就是江美子最後的身影，之後沒有任何人看到江美子。她前往超市時開的車子，仍然留在超市的停車場。她離奇失蹤了。但是——

山野井當天曾經出現在超市的停車場。有人看到一輛紅色保時捷。那輛車很顯眼。三個人。五個人。十個人。目擊證人持續增加。

縣警方面也掌握到很接近物證的證據。

山野井住家往北一公里左右的造園業者家中，原本有三把鐵鍬放在院子裡，不過有一把失竊了。從剩下的其中一把鐵鍬的握把上，發現山野井的指紋。這成為另案逮捕山野井的證據。警方推測，鐵鍬很可能用於掩埋屍體，如果去店裡購買，警方很可能會循線查到他，所以山野井用偷的。

搜索山野井的洋房也有收穫。雖然沒有發現鐵鍬，但是從山野井去滑雪時開的賓士吉普車內，發現江美子的毛髮。並不是在副駕駛座上，而是在車子最後方的行李廂，甚至有電視台用斷定的語氣認為，山野井一定是用那輛車搬運屍體。

報紙和周刊雜誌都一致認為，山野井很快就會再次遭到逮捕。山野井因為江美子「提出分手」勃然大怒，行凶殺害她，然後把她的屍體藏在「車子的後車廂」搬運，用「鐵鍬」掩埋屍體。事情發展至此，感覺已經進入了最高潮。

悅子翻著剪報，回想著當時的情況。在警察的行話中，稱把屍體埋在地下藏起來為「種人」。當時在辦公大樓內，經常可以聽到「那個王八蛋，到底把人種去哪裡了？」「絕對是種在山上」的談話，這些話代替了寒暄問候。但是，縣警始終沒有查到屍體的下落，只能仰賴山野井招供。警方嚴厲偵訊二十天，山野井自始至終主張自己的清白。他在偵訊室內從頭到尾都保持冷靜，還不時露出冷笑。照理說，鐵鍬上的指紋和行李廂內的毛髮是山野井的要害，但是他用「可能在散步路上碰了一下那把鐵鍬」、「應該是原本掉在副駕駛座上的毛髮被風吹去後面了」之類的理由搪塞。進行了三次測謊，都完全沒有任何反應。偵查陷入瓶頸，最後連竊盜嫌疑都無法成案，山野井在羈押期滿後，走出F署拘留室。案件的第一幕就這樣落幕。

然而，之後發生意想不到的後續狀況。悅子至今仍然無法忘記當時聽到那則新聞時的震驚。

江美子的丈夫九谷一朗真的說到做到。當山野井獲得釋放，在停車場準備坐上車時，躲在暗處的九谷揮著菜刀，從背後襲擊山野井。他在眾目睽睽之下動手，警察和媒體記者就在旁邊。兩個人扭打成一團，只不過事態的發展和九谷原本的計畫相反，九谷腹部中刀，身受重傷，隔天就宣告不治。山野井因涉嫌傷害致死，書面移送檢方，但檢察廳認為山野井的行為是正當防衛，做出了不起訴處分。太諷刺了，雖然當時在場的警察和媒體記者都認定山野井是殺害江美子的凶手，卻因為他們的目擊證詞，讓檢方認為山野井是正當防衛。

這件事後，追查山野井的相關報導一下子降溫了、而且有些報紙態度一百八十度大轉變，開始批判R縣警另案逮捕的做法。山野井的律師當時揚言，要告媒體誹謗。R縣警變得退縮，失去媒體的支持，又遭到人權團體上門抗議，主婦失蹤案漸漸變成「燙手山芋」。如果山野井因為殺人嫌疑再次遭到逮捕，《R警人》的『案件』專欄就會大量增加內容，但是翻閱之前的《R警人》，完全找不到任何有關這起案件的紀錄。如今，這起案件幾乎成為R縣警的禁忌話題。

「太奇怪了。」

悅子忍不住自言自語。

她動作粗暴地闔起剪報。簡直看不下去，甚至很不甘心。絕對是山野井殺了江美子，他明明殺了人，卻欺騙警察和社會大眾，成功地瞞天過海。雖然江美子外遇，但她持續細心照顧臥床不起的公公，這可能也是她提出分手的原因之一，不過山野井卻不願意分手，最後還殺害江美子，甚至也殺害深愛江美子的丈夫。雖然搞不懂什麼正當防衛，但實在太不公平了。如果山野井沒有殺害江美子，就不會發生第二起悲劇。

縣警很沒出息，如果能夠順利逼山野井招供，山野井這個殺人凶手就會受到制裁，九谷一朗就不會送命。

——就沒有人能夠收拾他嗎？

悅子想起近藤那雙陰鬱的眼睛。

時鐘的時針指向半夜兩點，電話鈴聲沒有響起。

——他真的在辦案嗎？

不，近藤未必沒有回家。現在已經這麼晚了，就算看到悅子留下的紙條，也不會打電話來。他很可能早就回家，但決定不理會悅子的紙條。

明天一大早再打電話過去。悅子嘆口氣，準備上床睡覺。明天仍然很忙，不能讓近藤再影響自己的睡眠時間了。

被子裡很冷，遲遲無法睡著。她很擔心稿子的事，不，在耳朵深處揮之不去的聲音，影響了睡魔的入侵。

那是有紀子奇怪的聲音……

（山野井那傢伙，竟然一天比一天更凶狠凌厲。）

4

教育課內瀰漫著慵懶的氣氛。到處都是一張張宿醉的臉，除了少數例外的情況，這個課的所有人手上都沒有緊急的工作。

「寶蓋頭的宏，兒子的子，宏子太太。好，我瞭解了。」

坐在末座的悅子終於解決『我家大明星』中遺漏的資料。總共有五件。

「不好意思，在您百忙之中打擾，我想找移送股的深井先生——」

悅子用客套的聲音打電話，怒氣和懊惱在內心翻騰。

又沒有逮到近藤宮男。她今天一起床就打電話過去，近藤不在家。有紀子說，近藤快天亮時回家一趟，但又很快出門了。他看到悅子留下的紙條，卻沒有打電話給悅子。悅子終於明白，近藤並不想寫手記。他排除所有雜事，專心追查主婦失蹤案。他完全投入「刑警遊戲」之中，難道是藉此發洩多年來，始終無法成為刑警的鬱悶嗎？悉聽尊便，只是希望他不要為難弱勢的事務職員。雖說是回顧手記，但其實只要寫一張四百個字的稿紙就搞定了，寫完手記之後，再去辦案或是做自己喜歡的事不就好了嗎？

悅子想起那起沒有屍體的命案——但昨晚的興奮如今已消失得無影無蹤，彷彿從來不曾出現過。近藤掌握了山野井是凶手的證據？不可能有這種事。當山野井因其他案子遭到逮捕時，如果近藤手上有著能夠將他「定罪」的重要證據或是線索，縣警就會根據這條線索破案。還是他對沒有提拔自己成為刑警的警察組織心生怨恨，故意隱瞞證據？

悅子掛上電話時，加藤印刷的老闆剛好走進辦公室。

「小悅，嬰兒專欄中午之前能夠搞定嗎？」

「不知道。」

悅子冷冷地回答。說到底，自己的編輯進度簡直就像在走鋼索，加藤印刷廠要負很大的責任。縣政府宣傳課從五年前，就和印刷大廠友好堂印刷廠合作。友好堂印刷廠內有美編，只要把稿子交出去，他們就會自行構思版面、排好版，甚至連標題都幫忙擬好後才送回來，但加藤印刷廠卻不是——

悅子心急如焚，接近中午時，接到久保田安江打來的電話。

『我聽到妳的留言了，不好意思，這麼晚才回電話給妳。』

她說昨天和俳句同好一起去溫泉區住了一晚，現在才回到家裡。聊了一會兒之後，發現近藤的事是安江的疏失。『對不起，我們一起思考解決的方法。』安江的聲音聽起來很興奮。

一到午休時間，悅子立刻擺脫一直追著她要稿子的加藤社長，離開辦公室。從縣警總部開車到安江的住家不需要三分鐘。安江以前在縣警上班時，常因編輯工作忙到深夜，於是咬牙在市中心買了一棟平房。

「歡迎歡迎，哇，好懷念啊。」

安江看到悅子，高興地拍著手。安江在玄關熱烈歡迎悅子時，壽司外送剛好送到。

一定要酸她幾句。悅子氣沖沖地上門，沒想到最後無法如願。安江的態度中完全不見以前的咄咄逼人，就連她稱為戀人的《R警人》，都已經完全放手交給悅子，並非嘴巴上說說而已。也許一旦離開，這些事都無所謂了。再怎麼喜歡，這終究還是一份必須為課長和副課長嚴格「審查」而傷透腦筋的工作，和有志趣相投的朋友一起享受溫泉，當然開心多了。

「真的很對不起。」

聊到退休人員的稿子時，安江不停地向她道歉。她說今年春天，除了她以外，還有四十六個人退休。當時用這種方式計算，因此在收稿子時，算到四十六份後，就以為全都收齊了。

「那個姓近藤的人，真的不打算交稿嗎？」

「對，應該是……到底該怎麼辦呢？」

「如果是普通的稿子，請他的上司督促一下最簡單，但既然他快退休了，那麼這種方法就不管用。」

「妳認識這個近藤宮男嗎？」

「我從來沒見過他，但他的風評似乎並不好，大家都說他很陰沉，或是很難搞。」

悅子垂頭喪氣，坐在桌子對面的安江探出身體說：

「妳要振作起來──我以前曾經遇過類似的情況，一樣是即將退休的前輩不想寫文章，那個人真的超頑固，一直說自己沒什麼了不起的成就，所以不想寫。」

「結果呢？妳後來怎麼處理？」

「我就正面對決，去找了他好幾次，博取他的信任，他才終於答應。」

悅子全身無力。

──安江是在往自己臉上貼金嗎？

自己和安江不一樣，不擅長主動出擊，而且很怕生。對《R警人》沒有感情，對編輯工作缺乏熱忱，在警察同仁面前感到自卑的「非警官情結」，也在內心留下陰影。她至今仍然很缺乏自己在警界工作的意識。

「我做不到。」

悅子豁出去，說出心裡話。

「我沒有自信可以做好《R警人》，雖然已經六年了，但我完全不瞭解警界，也不瞭解警察。」

「這樣也無妨啊。」

「啊？」

「事務職員雖然在警署工作，但並不是警察，所以我認為無法瞭解警察內心的真實想法，但是沒關係，我覺得只要想成是警察的家屬，保持這樣的心態就足夠了。」

「家屬……」

「對，有些警察遲遲無法升官，有些人總是被調去偏遠地區，但是這種事無關緊要，在很多警察的家人眼中，爸爸就是英雄，在背後默默支持。我們也一樣，要用《R警人》支持他們。加油，請妳加油。」

悅子的腦海中閃過有紀子像少女般的笑容。洞穴刑警。呵呵呵。

「接下來，就要趕快成為《R警人》的主人。雖然我知道妳很忙，但是不要一味依賴別人的投稿，每一期都要有幾篇自己採訪後寫的稿子，千萬不能整天坐在辦公室，必須去找第一線的警察，認真聽他們的故事，然後用家人的心情寫文章。明白嗎？」

悅子無法回答。焦躁和無力感在內心交織、翻騰。

她知道安江的建議很有建設性。雖然知道，但仍然無法坦誠接受。自己無法做到，安江無法成為有紀子。如果可以，她很想馬上扔下《R警人》。

雖然如此，但她又害怕自己真的逃離。一旦放棄《R警人》，她就無法繼續留在職場。一旦辭去公務員，自己該怎麼辦？結婚？要找俊和以外的人嫁了？不，靠男人生活這種想法才可怕，她覺得是危險的賭博。之前在博多見識到俊和的本性，還被他性侵，其實應該認為自己很幸運。因為如果在順順利利結婚之後才發現他的本性——

「妳還好嗎？怎麼了？」

「沒事……」

悅子覺得安江很強大。

曾經有人揶揄始終單身的安江是「R警人的情婦」，嫁不出去的女人。悅子之前在內心憐憫安江，但是眼前的安江愜意自在。她當了一輩子的公務員。四十年工作期間，完全不必擔心被解僱。她買了房子，公務員的退休金可以領到死，吃穿無虞。沒錯，只要身分和收入有保障，女人也可以一個人過日子。

悅子在不知不覺中挺直身體。

「我明白了，那我也試試正面對決。」

5

雖然不至於像昨天那麼冷，但太陽下山之後，氣溫還是降得很低。

晚上八點過後，悅子開著車子，來到R市郊區的山手町。除了山野井那棟位在坡道上方的三層樓洋房以外，她想不到還能去哪裡找近藤。這是工作，就別期待會有什麼樂趣了——她踩下油門時，這麼告訴自己。

車子來到山手町，民宅的數量驟然減少。車頭燈照到前方的樹林，前方就是坡道，隱約看到了洋房的輪廓。有幾扇窗戶亮著燈光。這是一年前經常出現在電視上的房子，無論白天還是夜晚，洋房前都擠滿了媒體記者。

但現在洋房前完全沒有半個人影，四周一片漆黑。感覺很可怕。車子經過洋房前，她感到不寒而慄。前方是坡度和緩的下坡道。她沒有看到近藤的身影。近藤不可能在這裡。誰會來這種地方？洞穴刑警？辦案？全都是有紀子的妄想。她希望丈夫是英雄，所以才會說這種話。

——還是回去吧。

前方是十字路口。調頭吧。她下意識地將方向盤打向左側。這時，她看到有一輛車子停在岔路，車頭燈掃到那輛車。駕駛座上有一張蒼白的臉。

是近藤宮男。

從那輛車子旁駛過後，她立刻踩下煞車。她心跳加速，猶豫起來，不知道該怎麼辦——看來，只能正面對決了。不，這不就是自己來這裡的目的嗎？悅子下定決心，走下車，在碎石子路上小跑著來到近藤那輛車的駕駛座旁。

車窗打開了。那雙陰鬱的眼睛看著她。

悅子並沒感覺到初次見面的客套氛圍。她內心雖然害怕，但氣憤的情緒更為強烈。

「請問是F警署的近藤先生嗎？」

「……」

「我是教育課的山名，我留了紙條給你太太——」

「關掉引擎。」

「啊？」

「我是說妳的車子，趕快去關掉引擎。」

莫名其妙地被怒吼了一聲，悅子下意識地後退一步，近藤隨即像是在威嚇般從車裡下來。

悅子警惕地擺出防備姿勢。但接下來卻是——

「妳的車子是幾ＣＣ？」

「啊？」

「妳的車排氣量是多少？」

是Corolla，一千六百ＣＣ。

「一千六百ＣＣ……」

「車子借我，我的只有一千一百。」

近藤在說話的同時，坐上Corolla的駕駛座。悅子簡直不敢相信。

「不行！」

悅子慌忙打開副駕駛座的車門，然後坐上副駕駛座位，藉此主張這輛車子的所有權。

「趕快關上門，我要調頭。」

近藤的話音剛落，就開始轉動方向盤。他動作俐落地倒了幾次車，將悅子的車停在他的車子後方。近藤打開駕駛座的車窗，關掉引擎，熄了車燈，好像那是他的車子。

「明天就還妳，妳去開我的車子。」

悅子想不出該怎麼回答，但她完全明白了眼前的狀況。

他真的這麼做了。近藤在監視山野井。他豎起耳朵，只要聽到洋房那裡有車子發動的聲音，他就打算跟蹤。但是，他這麼做到底有什麼目的？

悅子發現自己的心跳加速。

不，等一下，冷靜。這些疑問不重要，先處理重要的事。雖然眼下狀況完全出乎意料，但至少終於找到近藤宮男本人。

「近藤先生——你還沒有交《R警人》的稿子吧？」

「……」

「你這樣我很傷腦筋，截稿日已經過了。」

「不用管我，不必刊登我的稿子。」

「那怎麼行？為什麼？」

「沒什麼好寫的。」

「寫什麼都可以啊！」

悅子激動起來。

「拜託你，請你寫一篇文章。不能唯獨不刊登你的。」

「我無所謂。」

「你無所謂，但是我——」

「廢話少說，如果妳的話說完了，就趕快下車。」

「這是我的車子！」

悅子瞪著近藤的側臉。她真的很火大。

「近藤先生，你在這裡幹嘛？」

「……」

「在辦案嗎？我聽你太太說了，她說你在偵辦那起主婦失蹤案。」

「那個傻瓜……」

近藤滿臉不悅，把頭伸向車窗外。

「你為什麼一個人行動？是不是有什麼只有你知道的證據？」

「……」

「昨天，剛好是案發一週年對吧？這個日子有什麼特別意義嗎？」

「……」

——裝什麼死人臉！

事到如今，恐怕得打持久戰。悅子伸手拿起放在後車座的大衣。車子內的空間太狹小，無法順利穿上大衣，她只能把大衣當毛毯蓋在身上。

那雙幽暗的眼睛轉向她。

「除非你答應寫稿，不然我絕不下車。這可是我的車。」

他咂了咂舌。悅子心道，我才不會認輸。

「而且，我對那件案子很感興趣。我真的覺得，凶手絕對是山野井。」

近藤那雙陰鬱暗沉的雙眼看著她。不，可能是因為他的黑眼珠比較大，才會有這種感覺。總之，悅子覺得近藤的黑色眼眸中有一絲好奇的眼神。

——這是機會嗎？

博取對方的信任。安江這麼建議自己。

悅子慌忙繼續說道：

「我沒有騙你，我很清楚這起案子，昨晚看過所有的報紙資料——」

「既然這樣，妳就應該知道了吧。」

「啊？知道什麼？」

「案件的真相。」

「我當然早就知道了，但警方竟然釋放了他。近藤先生，你發現了什麼嗎？是不是發現什麼證據或是線索？」

近藤的嘴角似乎浮現一絲笑容。

「還是山野井跟你說過些什麼？比方暗示之類的？」

近藤這次露出了明顯的笑容。

「他沒有告訴我任何事。」

「還是他當時大吵大鬧了？」

「他很安靜，該吃就吃，該睡就睡，沒有被叫出去偵訊的時候，一直在練仰臥起坐或是伏地挺身。」

悅子之前實習時去拘留室時就曾經聽說，遭到羈押的嫌犯都閒得發慌，都會熱心看書報，或是積極做運動。

「他很無聊吧。」

「不，他每天都被偵訊到很晚，照理說，應該已經精疲力盡了。」

悅子突然靈光一現。

「那句話是什麼意思？就是你曾經說——山野井那傢伙，竟然一天比一天凶狠凌厲。」

悅子有一半是出自於對案件的好奇才提問。

近藤沒有回答。

慘了。悅子咬著嘴唇。她想起近藤並沒有告訴他太太有紀子這句話真正的意思。

近藤不再說話，無論悅子問什麼，他都沉默以對。

悅子只能豁出去了。

「這案子好像陷入瓶頸了。」

悅子試圖挑釁。

「……」

「當初那麼大規模偵查，都無法定山野井的罪，是不是代表他並不是凶手？」

「他就是殺人凶手。」

近藤充滿怒氣的聲音在車內響起。

「啊？」

「就算那些刑警不知道，我也清楚得很！」

我當了二十九年的看守，看過太多罪犯，我知道——悅子似乎可以聽到他在這麼說。

「可是，事到如今才來偵辦——」

「我並不是在辦案。」

「啊？你剛才……」

「是在確認。」

「確認？確認什麼？」

「下車！」

「啊？」

近藤的眼神和前一刻不一樣了。不，悅子同樣聽到了。她聽到汽車的聲音。那是跑車引擎特有的重低音。山野井行動了——

「趕快下車！」

悅子也想下車，但是雙腿不聽使喚。她腦袋一片混亂。

「但、但是稿子——」

伴隨著一聲咂舌，近藤發動引擎。車子猛然起步，捲起了地上的碎石。車尾一甩，轉過十字路口，然後飆速前進。轉眼之間就經過了那棟洋房，如雲霄飛車般衝下坡道。前方出現了紅色車尾燈，但是距離很遠。前方遠處，可以看到一抹紅色的車燈。悅子嚇得說不出話來。她唯一能理解的是——這不是在開玩笑。但是，他到底要去哪裡？確認？要確認什麼？

「近、近藤先生……現在要去哪裡？」

聽到自己問出的問題，她全身發抖。因為答案猛然衝擊了她的腦海。

要去九谷江美子的埋屍所在——

6

在第三個紅燈前，終於追上了。

那是一輛深藍色保時捷。

「沒錯，就是那傢伙。」

「但是——」

「他也有這種顏色的跑車。」

綠燈一亮，保時捷猛然竄出，瞬間便把兩人甩開。Corolla根本不是保時捷的對手。不，近藤並沒有想要追上去，這是跟蹤，不能被山野井發現。悅子不停地吞著口水，幸好縣道上有很多車子，他們隔著一輛車，鎖定前方的保時捷。這時，保時捷突然進入左側車道，然後駛入高速公路。

「今天也要去？」

「啊？也就是說……」

高速公路上沒什麼車。前方的保時捷後車身突然下沉，下個瞬間，車子爆發性地加速。好快！轉眼之間就被拉開距離。近藤伸直右腿，用力踩著油門。

「昨天就是在這裡被他甩掉的。」

他果然昨天也在跟蹤山野井，只不過一千一百CC的車子馬上就被甩掉了，所以才會——

一百三十……一百四十……一百五十……車速表指針顯示的數字持續上升，引擎發出低吼聲。強大的風呼嘯而過，車身劇烈搖晃。悅子驚恐萬狀，近藤卻不為所動，雙眼緊盯著前方。真不敢相信他已經六十歲！Corolla油門已經踩到底，但保時捷仍然越離越遠。山野井的車速到底有多少？

一眨眼的工夫，就進入了鄰縣。

「要去哪裡？」

悅子不敢聽答案，卻又無法不問。近藤沒有回答。難道是噪音淹沒了自己的聲音？

「要去哪裡啦？」

「妳很快就知道了——如果跟得上保時捷的話！」

近藤知道山野井要去哪裡。不，雖然不知道明確的地點，但知道山野井去那裡的目的。

悅子十分害怕。果然是埋屍地嗎？一定就是。當她這麼想時，感到一陣反胃。她用一隻手摀住嘴巴。沒事，我可以忍耐。不行。車身下方一波波激烈的震動從腳底傳來，彷彿雪上加霜，讓她更想嘔吐了。

眼前一陣發黑，胸口發悶，幾乎喘不過氣。她已經快撐不下去了。

保時捷的車尾燈比螢火蟲的光點更小，只要它被夜色吞沒，一切就結束了。那樣也好，就這樣跟丟算了。當悅子在內心如此祈願時，光點似乎移向左側。前方是和緩的彎道。

過了彎道，恢復直線道路時，前方的光點消失不見。

「可惡！」

近藤拍著方向盤。

「完了，今天又被他甩掉了。」

「左邊！」

悅子大叫起來。

「什麼？」

「往左邊！他一定下了高速公路！」

前方寫著「出口」的指示牌漸漸逼近。近藤急忙轉動方向盤，Corolla車身劇烈搖晃，衝向交流道的出口方向。前方是彎道，路面狹窄，護欄逼近眼前。近藤踩下急煞車，車子打滑——

「沒事吧？」

悅子聽到近藤的問話聲，不自覺看向他。Corolla停了下來。隔著擋風玻璃，看到保時捷正駛出收費站。

「還撐得住嗎？」

近藤的聲音變得很溫柔。

「沒事。」

悅子不假思索地回答，但她覺得好像快要把胃吐出來了。

Corolla突然前進，經過收費站、縣道、國道。車子飆速急起直追，不一會兒，進入市區。保時捷放慢車速，打著方向燈，駛入家庭餐廳的停車場。身高一百八十公分，用口罩遮住那張很像赤鬼臉孔的山野井下了車。他慢條斯理地走進餐廳，坐在靠窗的座位，服務生把菜單遞給他。

近藤和悅子坐在Corolla車內觀察著。不，其實悅子幾乎無法睜開眼睛。她覺得整個腦袋都在搖晃，陣陣反胃和頭痛襲來。

「……不是……埋屍的地方……」

「埋屍體的地方？原來妳這麼認為。」

「但是……」

意識漸漸朦朧，反而意外地舒服。

「那……為什麼……要來家庭餐廳……」

「等人。」

「……啊……等誰……？」

「九谷江美子。」

「不可能……她、不是已經被殺了……」

「山野井和江美子是同夥。」

近藤的聲音彷彿是在夢裡響起。

「這種事，想瞞也瞞不了。剛殺了人的凶手，眼神會很凶狠凌厲，日子久了，就會慢慢消失。山野井的情況剛好相反。他剛被送來拘留室時，眼神很清澈，但之後越來越狠辣。我絕對不會看走眼，他剛進來時，還沒有殺人，但是打算在獲得釋放之後殺人。」

7

二月一日——

這一天，悅子和加藤印刷的老闆一整天都笑得很開心。《R警人》二月號剛送到，悅子翻開雜誌，聞到淡淡的油墨味。

她的視線停在近藤宮男的照片上，旁邊是他的回顧手記。他的回顧手記並不是寫看守工作相關的內容，而是寫了一封信給立志當警察的長子。悅子去加藤印刷廠看印時，收到近藤寫的文章，在最後一刻滑壘成功。悅子原本已經不抱希望，因此收到稿子時，高興得跳了起來。近藤之後打電話給她，風趣地說「畢竟是共度一夜的戰友嘛」。

那天晚上所發生的事簡直就像是做夢。

隨著時間的流逝，悅子越來越覺得近藤「看守的眼力」的確有幾分道理——山野井和江美子共謀殺害了九谷一朗。從這個角度思考，就覺得所有的事都有了合理的解釋。

如近藤所說，當時媒體的報導中，就可以找到他們兩個人可能是同夥的蛛絲馬跡。那就是江美子失蹤前一天，兩個人吵架這件事。目擊者證實，江美子眼睛下方發腫，有一片瘀青，但是剛被毆打，臉就馬上腫起來似乎不合常理。再加上有人看到江美子的手腕和手背上也有瘀青，顯示江美子很可能平時經常遭到家暴，加害人很可能是她的丈夫九谷。九谷在電視鏡頭前放聲大哭，當山野井遭到釋放時試圖行凶殺人，這種偏執的愛情背後，很可能隱藏著對江美子的家暴，這個可能性不能忽視。

這也成為他們共謀殺害九谷計畫的動機。「遭到家暴的妻子」內心是多麼恐懼。無論逃去哪裡，都一定會被抓回來，等待她的是更嚴重的暴力。除了自己一死了之，或是對方死了，否則就永遠無法逃離這樣的地獄。江美子或許已經被逼到這種絕境。悅子覺得能夠理解。言語暴力只會造成心靈的創傷，只要活在世上，每個人的內心都是滿滿的創傷，但是身體所承受的嚴重暴力，會在身心都留下無法癒合的創傷。縱使只遭受過一次家暴，每當內心回想起來，就會折磨身體；同樣地，每次身體記憶浮現，心就好像被千刀萬剮。

山野井和江美子可能曾經討論過不殺害九谷，兩個人遠走高飛的計畫，只不過山野井無法拋棄有社交恐懼症、根本無法外出的母親。他在母親的溺愛中長大，他很清楚曾經是父親妾室的母親有多悲哀。也許是受到這種家庭環境的影響，在媒體像洪水般爭相報導，所有的隱私都被揭露的情況下，都完全沒有出現山野井過往異性關係的內容。山野井對江美子一心一意，發自內心愛著江美子。一定是這樣。山野井為了能夠和江美子在一起，因此決定殺了九谷。

但是，即使成功殺害了九谷，警方遲早會發現他們有婚外情。一旦被看起來像凶神惡煞的刑警逼供，江美子根本無力招架。頭腦聰明的山野井絞盡腦汁，最後得出結論——利用正當防衛。這樣一來，就算成功殺害九谷，也不會被追究罪責。江美子曾經多次在山野井面前提及丈夫的異常，一旦山野井被釋放，九谷一定會來報仇，兩人猜到九谷一定會帶刀子。個子矮小的九谷必然會拿著凶器襲擊山野井，到時候只要奪下他的凶器，反過來刺殺他。如果被判定為正當防衛，就可以無罪脫身。倘若被認為是防衛過當，仍能獲得緩刑判決。

問題在於要如何演出這齣戲。如果不讓九谷確信山野井殺了江美子，九谷就不會採取行動。於是，他們合演了這齣戲。山野井在附近鄰居面前毆打江美子。使用的車輛也是。他明明有深藍色的保時捷，卻故意開著更加引人注目的紅色保時捷來到江美子的「失蹤現場」。鐵鍬上的指紋和後車廂的毛髮都是自導自演。仔細思考一下，就會發現沒有被偷的鐵鍬上竟有他的指紋，這件事實在太奇怪了。

江美子也成功地完成了她的戲分。她哭著打電話告訴朋友，自己很害怕，一定會被殺。之後的發展，只要交給媒體和警察就好。結果一切如他的劇本，死纏爛打而又凶殘的外遇對象被塑造成凶手。

山野井輕鬆地捱過嚴厲的偵訊，他真的沒有殺害江美子，因此無論測多少次謊，都不可能有反應。為了避免身體失去靈活性，他在拘留室內勤練仰臥起坐和伏地挺身。他滑雪和打高爾夫都是職業水準，體能很好，一百八十公分的赤鬼掐指計算著捱到釋放，離開拘留室的日子，為九谷的奇襲做好準備。

然後，他的計畫成功了。

除了他以外，其他人不可能想到這樣的殺人計畫。就算最終獲得釋放，在被眾人懷疑的情況下，一定會失去工作，無法面對世人。但是，山野井完全可以不工作，他靠遺產過日子就行了；更何況，他原本的生活就與世隔絕，無論媒體再怎麼大肆報導，都不會對他造成影響。只要能夠和江美子在一起，他根本不在乎這些。當初他一定這麼想。

他們在停車場聊五分鐘之後就分開了——山野井的供詞中，只有這件事是真的。他們兩個人在超市的停車場分開，約定一年之後的同一天，在鄰縣的家庭餐廳見面。

一切都按照山野井的計畫進行。唯一的失算，就是F警署的拘留室有一個名叫近藤宮男的看守。

不……

悅子想起那天晚上。

悅子和近藤的Corolla停在家庭餐廳的停車場，他們在車上等到天亮。但是，江美子並沒有出現。山野井一直坐在窗邊的座位，在「約定日子」的前一天晚上，他應該也坐在那裡等到天亮。

悅子覺得江美子利用了山野井對她的感情。她用不存在的殺人案作為掩護，成功地人間蒸發了。她一開始就不打算遵守一年後的約定。她和山野井不一樣，不可能冒著被媒體大肆報導的風險現身。更何況，無論她為自己的消失提出什麼理由，社會大眾都絕不會原諒這種醜聞——曾經悉心照顧著臥病在床的公公、被譽為「好媳婦」的女人，竟然和害死自己丈夫的凶手山野井，一同住在那棟洋房裡生活。

悅子的想像更加膨脹，她猜想江美子現在應該在某個城市展開新生活。可能用山野井給她的錢整形，變得更加漂亮，還找到了一兩個男人當靠山。

江美子只是想要永遠埋葬對她家暴的丈夫，拋下臥床的公公這個包袱，重新展開自己的人生。女人只要有明確的目的，不惜做出和妓女無異的行為。雖然山野井認為他們是偶然在咖啡店認識，但江美子可能一開始就在尋找願意殺害她丈夫的男人。

悅子輕輕吐出一口氣。

五點半了。她拿了兩本《R警人》放進皮包，走出辦公室。她決定其中一本送去給久保田安江，另一本給近藤有紀子。

近藤宮男今天晚上仍然會去那家家庭餐廳的停車場。為了「確認」自己在二十九年期間訓練出來的眼力，他一定會和坐在窗邊座位苦苦等待江美子的山野井一馬，一起等到天亮。

不知為何，悅子甚至有些羨慕。羨慕那些能憑著一股信念活下去的男人。而她心中，悄悄湧起一絲想為他加油的念頭。

洞穴刑警，加油——

她走向辦公大樓的途中，遇到剛好從更衣室走出來的女警高見。

「再見。」

兩人異口同聲地說，又同時向對方鞠躬。

悅子突然覺得很好笑。高見換下制服，穿著鮮紅色粗呢大衣的樣子看起來很稚嫩。

自傳

1

快中午了。

只野正幸從後門走進電視台大樓，快步穿過昏暗的內部人員專用通道。視野頓時開闊起來——挑高天窗灑下的光線被柔化成乳白色，與櫃檯小姐那張頗具都會氣息的面容，一同徹底驅散了「第五頻道」一樓大廳的鄉土氣息。

用觀葉植物隔出的輕食咖啡店內，目前當紅的主播元木麻里繪滿面笑容坐在那裡，好幾個上了年紀的男人眉開眼笑地圍著她。只有那個區域好像在舉辦慶生派對般熱鬧不已。

只野假裝沒有興趣，走向排在窗邊的桌子。雖然他沒有看到想找的人，但是發現鈴木板著臉，正在看體育報。鈴木是只野擔任企劃的生活情報節目『哇酷哇酷生活通』的導演。

「鈴木先生，午安。」

「啊啊，只野，你這麼早就來了。」

鈴木一臉高傲，半眯著的眼睛望向他。他今年三十歲，比只野小三歲。

雖然節目企劃聽起來很不錯，但自由工作者沒什麼發言權。只野以前曾經為本縣農政部製作的本縣產品宣傳手冊寫文案，因此獲得電視台的賞識，邀請他擔任節目內的『這村那鎮一品美食嚐鮮！』單元開發題材的工作，在「你該不會認為靠這麼簡單的工作就可以領錢」的嘲笑氣氛中，原本屬於鈴木該做的採訪預約、現場協調等跑腿差事，全部一併推到了只野身上。

但是——

無論內容是什麼，有工作總比沒工作好。

只野假裝沒有看到鈴木請他坐下的手勢，看著手錶。目前是十二點零五分。

「赤塚先生沒來嗎？」

赤塚是節目的製作人，當初是他邀請只野加入節目當企劃。

「你和製作人有約？」

「對，他約我見面，說一起吃午餐。」

只野一口氣說完，想從鈴木雙眼中讀出點什麼。

「這樣啊，剛才看到他在副控室，沒有來這裡。他這麼健忘，八成忘了有約你見面。」

鈴木裝糊塗的表情沒有變化，他十之八九知道赤塚找只野來這裡的理由。

只野穿越大廳，來到位在半地下室的副控室前，把門打開一條縫。控時員明美坐在左側的會議桌旁，正低頭看著記錄節目流程的Cue表。只野叫了她一聲，她抬起因為睡眠不足而浮腫的臉。

「啊，早安。」

「製作人在嗎？」

「咦？他不在嗎？」

明美甩著一頭長髮看向後方，只有助理導播山本在那裡。

「他剛才還在這裡。」

「是不是在休息室？」

只野自言自語地這麼問時，身後傳來一個高亢的聲音。「糟糕！」他還來不及轉頭，製作人赤塚就摟住他的肩膀。赤塚穿著一件富有光澤的黑色正裝襯衫。

「只野，對不起！我完全忘了這件事，原諒我！」

赤塚身上的古龍水味道很嗆鼻。

「沒事，不必放在心上。」

「你還是這麼酷，只野，我就是喜歡你這種個性。走，去吃飯。」

赤塚駝著背，邁著輕快的腳步。只野跟著他回到大廳的輕食咖啡店。赤塚一看到元木麻里繪，立刻「唷」一聲打招呼，然後笑著和圍在她身邊的那些男人談笑幾句。

他們坐在鈴木剛才坐的窗邊座位，點了午餐。赤塚發出嘻嘻的笑聲看著只野，把左手塞在右側腋下，微微指著後方。

「聽說那些人都是公司的老闆，雖然不知道是什麼公司，但一眼就可以看出他們都對麻里繪很有意思。」

「遇到元木小姐，任何人都會有這種想法。」

只野故意吹捧麻里繪，滿足赤塚的虛榮心。電視台所有的人都知道他和麻里繪的關係。

「赤塚先生，請問……」

「怎麼了？」

「你找我是不是有什麼事？」

「啊，對對對，沒錯。」

赤塚帶著笑容繼續說道：

「就是『生活通』這個節目，說得好聽點，就是要改版。下個月改版，時間要縮短一半，所以你負責的『一品美食嚐鮮』單元只能含淚喊卡了。這也沒辦法，因為贊助商指定這個、這個還有那個必須卡掉。事情就是這樣，下次有需要時，我會再找你。你做事很認真，又很勤快，我很想和你合作。希望你能夠諒解。」

被裁掉了。對只野來說，失去這份電視台的工作，就是失去這半年期間，唯一可以稱為「固定薪水」的收入。

雖然失望重重地壓在肩上，但胸口正要膨脹開來的各種負面情緒，在半途便消散了。每到這種時候，他腦海中總會浮現一句話——那句話會把本該緊抿的嘴角，不知不覺地扯成一抹笑意。

根本是不幸嘛。

剛上中學不久，他被一群霸凌的同學扯下胸前的名牌，丟在地上用力踩。那幾個同學還毫無理由地推他幾把後揚長而去。他獨自留在原地，哭著撿起地上的名牌。「只野正幸」❶。淚水讓名牌上的字變得模糊，他覺得「正幸」這兩個字看起來就像是「不幸」。「只是不幸」——他看著看著，忍不住笑了出來。起初只是竊笑，最後甚至放聲大笑。他覺得太滑稽了。他在五歲時被母親拋棄，如今連那份自卑，也彷彿有了理所當然的理由。

「請你原諒。」

他抬起頭，發現赤塚眼神中帶著不安。

「真的對不起，事情發生得很突然，請你諒解。」

赤塚雙手合十作揖。就連在業界打滾多年的赤塚，都不免感到有點內疚。或許是覺得只野在笑，才讓他心頭有些發毛——他似乎以為只野快要動怒了。

必須為自己留條後路。只野嚴肅地說：

「既然贊助商這麼說，那我也只能接受了。下次有什麼機會，再麻煩你提攜。」

「當然！我剛才不是就說了嗎？」

赤塚可能鬆了一口氣，開始吃剛才點的義大利麵，聊起電視台內的八卦。

只野吃著咖哩，專心當聽眾。其實他並沒有太多的憤怒或是懊惱。『哇酷哇酷生活通』只是東施效顰地模仿東京各大主流電視台，一窩蜂開始在傍晚時段推出的生活情報節目，完全沒有外包給製作公司，只是用很低的預算，製作出膚淺又缺乏質感的內容。反正再過半年或是一年，這個節目就會消失。

只不過……

帳戶存款餘額數字清楚地浮現在只野的腦海中。即使能夠勉強撐過這個月和下個月，想到之後的生活，就差一點發出沉重的嘆息聲。

「赤塚先生。」

❶「只野」日文讀音和「只有」、「只是」相同；「正幸」和「不幸」讀音相同。

「嗯？」

「真的拜託你了，如果有我能夠做的工作，請務必馬上——」

只野的話還沒說完，放在口袋裡的手機就響了起來。

「你接電話沒關係。」

「不好意思。」

這通電話是寫手同行磯部打來的。

『奈緒美也被打槍了！』

「啊？什麼？」

『不就是那件事嗎？輪到第三順位的你了。』

「到底是哪件事？」

電話彼端傳來不耐煩的咂嘴聲音。

『就是那個億萬富翁的自傳，現在要由你來寫了！這可是三百萬的工作！三百萬！』

「啊！」他發出驚叫聲。他現在才意識到，聽到被節目裁員一事對他造成重大的打擊，因此完全忘記這件事——兵藤電機會長兵藤興三郎的自傳——

在他掛上電話的同時，赤塚問他：

「你怎麼了？你的表情很可怕。」

「不，沒事。」

只野把剩下的咖哩扒進嘴裡。

不知道從什麼時候開始，當意想不到的幸運從天而降時，他就會收起笑容。

2

三點多時，只野在家庭餐廳和磯部會合。另一名寫手同行野口奈緒美也來了，纖瘦的她坐在磯部旁邊。他們兩個人從三年前開始同居，雖然都年過三十歲，但並不打算結婚。他們當初就是基於現實因素考量同居，因此至今仍然維持室友般淡淡的關係。

只野一坐下，磯部就粗魯地把一疊影印文件遞到他面前。

「給你，這就是老傢伙的資料。交棒給你了，恭喜你。」

他很捨不得的樣子。

「別恭喜得太早，我很可能也被打槍。」

「但是，三百萬的權利的確已經轉移到你的手上了，我和奈緒美都已經徹底出局了。」

「沒想到竟然連奈緒美都會出局。」

奈緒美可能過度解讀只野的話，好像鬧脾氣般嘟著嘴說：

「他一定覺得我沒有女性魅力。」

半個月前，奈緒美趁著醉意，抱住只野的脖子。當時他們正在摩鐵門口。奈緒美好像呻吟般對他說「我們去那個吧」，喝了大量燒酒的只野感到渾身不舒服，至今仍然想吐。

兩年前，他們三個人一起成立『寫作團隊T．I．N』。磯部發現縣內掀起自費出版自傳的風潮，提出「那不是需要幽靈寫手幫他們寫自傳嗎？」雖然目前由地方報社和大型印刷廠承接出版自傳的生意，但是他們打算不成為報社旗下的寫手，而是自己接案寫稿，完成之後送去印刷廠，這樣就不需要被抽成剝削。客人應該都是有錢人，收入應該相當可觀——

磯部十分積極，於是他們決定調查一下市場試水溫。只野拜託以前曾經任用他擔任專職寫手的在地刊物，用很少的費用，刊登了一則小廣告。『協助撰寫自傳，將由經驗豐富的寫手真心誠意為您服務！』當時覺得個人名義可能無法獲得信任，於是用三個人名字的縮寫取了『T．I．N』這個名字。他們當然沒有成立公司，那只是為了吸引客人上門的招牌。

雖然接到零星的委託，但是在實際接案之後發現，幽靈寫手為平民百姓寫自傳的工作，是典型的事多錢少。很少有人能夠條理分明地說明自己的人生，如果遇到聽力有問題的老人，光是聽取當事人的說明，就會耗費龐大的時間。加上他們白天必須以其他工作餬口，因此只能連續熬夜為客人寫自傳。一本自傳的收入從十萬起跳，最多會達三十萬。當接不到其他工作時，這些收入又不無小補，所以無法下定決心結束這項業務，但是他們三人已經對自傳的案子完全失去熱情。當初說好「無論誰接到好客戶的案子，都不可以記仇」，還排好了只野——磯部——奈緒美的接案順序，最近似乎已經變成「無論誰抽到下下籤，都不可以有怨言」。

因此，上個星期接到負責這次案子的磯部打電話過來，說他「接到了三百萬的大案子！」時，只野很驚訝，也很羨慕。雖然金額會因為寫作形式、頁數和印量有所不同，但三百萬已經是可以包括印刷、裝訂在內的一本自費出版書籍的金額，而這次的客戶，光是找人執筆的預算就已經這麼高了。

只野低頭看著資料。

兵藤興三郎。七十七歲，家電量販店「兵藤電機」的會長，持有法人代表權，旗下在縣內外共有一百六十八家門市。兵藤電機是在東證一部掛牌上市的公司，資金總額三百四十億圓，去年度的營業額為五千兩百億圓，經常利益為一百八十億圓，員工人數七千八百人——

「好厲害……」

只野再次驚嘆。磯部立刻毒舌地說：

「他是靠強硬手段來壯大公司。」

「是獨斷專行的人嗎？」

「豈止是獨斷專行，根本就是暴君，他只相信自己，只相信自己的眼力。他說靠關係錄用員工會讓公司走向腐敗，絕對不可以這麼做，並且以此為傲。錄用面試時，即使有好幾百個人，他都親自面試。就連他的親生兒子都被他在面試時刷下來。」

「是喔，他做得真徹底。」

「白痴喔，佩服個屁啊。雖然杜絕走後門很了不起，但是讓自己的兒子參加面試，還給他蓋上不及格的烙印，天底下有這樣的父親嗎？我是不知道他是不是出色的經營者，只知道他是一個沒血沒淚的人。反正窮得叮噹響的我和奈緒美都沒有通過面試，王八蛋，那個死老頭，明明是自己找上門，卻打槍我們。」

只野默默點點頭。

當初是兵藤的男秘書，一個姓村岡的人來委託『T・I・N』幫他老闆寫自傳。去年春天，只野他們協助兵藤電機子公司進行宣傳工作。他們透過電視製作公司，接下了在『第五頻道』播出的電視廣告宣傳文案工作。由於對方要求盡快交出五個版本，三人便集思廣益，一同構思完成。聽秘書村岡說，兵藤對那次的廣告文案很滿意，他之前就一直想寫自傳，所以想請他們擔任寫手。他們本就期待會透過這種方式接到案子，因此交出每一份企劃書時，都會在信封內塞一張『T・I・N』的宣傳廣告。高達三百萬的預算——他們原本以為第一次釣到了大魚。

磯部欣喜若狂地去見了兵藤，卻被兵藤趕回來，要他「再找其他人過來」。今天，奈緒美也被兵藤退貨，說「妳也不行」。

只野很難平靜以對。

機會終於轉到自己手上了。他很想通過兵藤的「面試」，別人的失敗經驗當然是最有效的參考資料。他們到底哪裡踩到兵藤的地雷？他很想問眼前這兩個同行，奈緒美並不是太大的問題，但是要向磯部打聽失敗的理由，需要相當大的勇氣。三百萬。考慮到只野和磯部目前的生活狀況，這樣的金額讓他們的夥伴關係當場破裂，也絲毫不足為奇。

只野乾咳一下開口。

「總覺得有點過意不去，如果我通過面試，會分一些給你們。」

「不用了。」

磯部語氣粗暴地拒絕。

「這是我們一開始就決定的規則，由負責執筆的人全拿，如果不按照這個方式執行，未免太奇怪了。」

「我會分一成給你們，一人三十萬。」

「就說不用了啊！」

磯部的臉漲得通紅。

「拜託你別這麼做。你不用付錢，我們也會告訴你，你可以作為參考。那個老傢伙會認真面試，問你的父母，哪一所學校畢業，人生座右銘或是人生哲學，反正問題多得嚇人。」

「和求職面試差不多嗎？」

只野小心翼翼地反問。

「比求職面試更詳細，從頭到尾都用問題轟炸，簡直就像在接受審訊，感覺好像被剝光了。雖然我很認真回答，但有時候不是會因為緊張結巴，或是卡住嗎？老傢伙突然站起來，示意到此為止，然後就結束了。」

只野看向奈緒美。

「我也一樣。聽小磯說了他面試的情況，我就事先練習了一下，但還是無法回答得很順利。兵藤的問題完全沒有脈絡可循，會讓人很緊張，而且那個老頭的眼睛和說話的聲音很可怕。」

只野將視線移回磯部身上，從胸前拿出筆，把資料拉到自己面前。

「我可以做筆記嗎？」

「當然可以啊。」

「我會支付學費。如果你們記得他問了哪些問題，請你們告訴我。」

磯部聽到只野說「學費」，並沒有生氣，開始長篇大論。只野在做筆記時頻頻點頭。兵藤問的很多問題，如果事先沒有準備，的確很難馬上回答。

只野抬眼看著奈緒美。

只野的腳背和腳踝之間的位置感受到體溫。腳趾……他可以感受到腳趾隔著襪子的溫度。腳趾在他的腳上畫圓，調皮地用指甲戳他……

奈緒美想要改變，想要摧毀目前的生活。

差不多該為眼前的生活畫上句點了——在摩鐵前勾引只野的那一天，奈緒美在爐端燒居酒屋的吧檯前嘀咕著這句話。

那老頭一定是色胚，只要奈緒美出馬，就可以搞定他——磯部被兵藤打槍的那天晚上，在電話中這麼對只野說。

只野對磯部的這句話心生嫌惡，很希望能夠為奈緒美做點什麼，但是……

只野低頭看著資料。

那個聲音至今仍然在耳邊縈繞。

你要經常對小愛說話——

母親的聲音總是帶著不安。

那是只野升上小學前不久。比他小兩歲的妹妹愛子由於中耳炎沒有及時治療，導致聽力惡化。要隨時從背後叫愛子的名字，確認她有沒有聽到。如果愛子回頭，就去廚房告訴媽媽她回頭了；如果愛子沒有回頭，也要去廚房告訴媽媽。媽媽每次都會稱讚他，然後撫摸他的頭，但是，媽媽臉上沒有笑容。因為她擔心愛子——愛子年紀更小，也更惹人憐愛。

然而，事實並非如此。母親甚至不愛愛子。她在外面有了男人，與父親離婚，拋下五歲和三歲的兄妹，獨自離家而去。

根本就只有不幸。

他無法理解人為何那麼想要留下自傳。無論不幸或幸福，把這種東西留在世上，到底有什麼意義？平凡的人生。特別的人生。那只是當事人自己的感受，無論是哪一種人生，不都只是人生而已嗎？

只野把腳收回來。

搽著粉紅色指甲油的腳在桌子底下失去方向，頓無所依。

那天晚上，只野逃走了。並不是因為燒酒影響興致，而是對開始尋找新的容身之地的奈緒美感到畏懼。

「要怎麼和他約時間？」

只野問。磯部用下巴比比資料說：

「寫在角落的電話，是秘書村岡的手機。」

「聽說他老婆已經死了。」

「是啊，二十年前就死了。這個頑固的老頭甚至不讓親生兒子進入公司，說不定他老婆可能不想再照顧他，就自己先走一步了。」

他們在五點之前，走出家庭餐廳。

三十分鐘後，奈緒美打手機給他。

『我要告訴你一件事。你來之前，我和小磯聊過，我覺得那個老頭發火的原因，應該是我們說了謊。為了博取老頭的歡心，小磯和我都努力把自己塑造成優等生。好了，祝你好運。對了，這件事不要告訴小磯，他叫我不要說。拜託保密，我暫時還必須和他住在一起。』

3

隔天是雨天。

兵藤興三郎住在郊區的住宅區，高大的圍牆圍起的空間是只野老家的好幾倍。

只野撥打秘書村岡的手機，約定中午過後去拜訪。他難得穿上西裝，繫上領帶，覺得渾身都不自在。穿著罩衫式圍裙的幫傭帶他走進面向中庭，差不多五坪大的客廳。村岡很快就過來了。他五十多歲，臉色蒼白，感覺很瘦弱。

「我去請會長過來。」

「麻煩你了。」

只野正襟危坐，等待兵藤的出現。等待的時間令人窒息。恭敬而謙卑——整棟房子內充滿被迫服從舊時代主從關係的階級氣息。

走廊上傳來動靜。咚、咚。拐杖的聲音漸漸靠近。只野吞口水時，臉比資料照片上更尖的老人走進來。滿臉皺紋，眉毛濃得很異常。禿了的額頭上有不少老人斑，耳朵上方有少許白髮。穿著米色睡袍的身體瘦得有點病態，看起來就像雞骨。磯部那天皺著眉頭說，老傢伙可能來日不多——

兵藤似乎完全不把只野當一回事，他以讓人不耐煩的緩慢動作繞到矮桌對面，撐著拐杖，蹲了下來，終於在看起來像是他固定座位的和室椅上坐下。村岡一直跟在他身後，但兵藤似乎禁止他人協助，村岡戰戰兢兢地退到房間角落，跪坐在那裡。

兵藤看向只野。

「面試」開始。只野繃緊身體，但兵藤遲遲沒有開口。凹陷的眼窩深處那雙無神的眼眸一動不動地注視著只野。像是蛇或是鯊魚的眼睛。奈緒美這麼形容他的眼睛。

「你叫什麼名字？」

兵藤的聲音比想像中更有力。

「我叫——只野正幸。」

只野在回答時，才發現自己口乾舌燥。

「你為什麼來這裡？」

只野完全沒想到他會問這個問題。

「因、因為——要為兵藤會長寫自傳。」

「幾歲？」

「三十三歲。」

「有沒有結婚？」

「沒有。」

「你是獨身主義嗎？」

「不……倒也不是……」

「以後打算結婚嗎？」

「很難說……」

應該是我們說了謊——只野的腦海閃過奈緒美說的話。

「我想，我應該不會結婚。」

「為什麼？」

「請喝茶。」幫傭把茶放在只野面前。雖然適時救了他，只不過他很難靠這短短數秒鐘，讓起伏的內心平靜下來。

兵藤雙手抱在胸前，等待他的回答。

三百萬。只野感覺到天秤在內心搖擺。萬一兵藤起身就完蛋了。雖然只野還沒有想清楚該怎麼回答，但還是開口。

「……我父母離了婚。雖然在目前的時代，離婚並不是什麼稀奇的事，但我對家庭或是家人之類的無法抱有任何幻想。」

「他們為什麼離婚？」

「當時我年紀還小，不是很清楚，但我記得是我父親把她趕出去。雖然我父親說，母親去了大阪，但我猜想是因為母親在外面有了男人。」

雖然這是只野第一次在別人面前提這件事，但他並沒有刻意隱瞞。

「什麼時候的事？」

「我五歲的時候。」

「你是在哪裡出生的？」

「市區的栗田町。」

「你父親做什麼工作？」

「長途貨車的司機。」

「退休了嗎？」

「他死了。」

「生病嗎？」

「他是個酒鬼，最後肝硬化。」

只野突然有一種暢快的感覺。原來坦誠是這麼容易的事。

「他什麼時候死的？」

「十三年前，我讀大二的時候。」

「你是哪一所大學畢業的？」
「我S大輟學。」
「為什麼沒有讀完？」
「因為我父親死了。」
「為什麼不靠自己讀完大學？」
「我並沒有非讀大學不可的想法。」
兵藤露出銳利的眼神。
「你沒有志向嗎？」
「您這麼一問，我發現好像的確是這樣。我從來不曾有過可以稱為志向的東西。」
是不是太老實了？只野說出口之後，才產生這種想法，但是兵藤並沒有站起來。
「你的工作經歷呢？」
「回來這裡之後，打過很多工，做最久的是在一本以廣告為主的在地刊物當專職寫手，之後就有很多寫作的工作。」
「你為什麼回來老家？」
「因為繼母生病了。」
「她生什麼病？」

「類風濕性關節炎，血壓也很高。」

「她是什麼樣的母親？」

「她很善良溫柔。」

「親生母親呢？」

「已經忘記了。」

「有辦法忘記親生母親嗎？」

只野不知道該如何回答。

他記得那天晚上的事。他在自己房間，關上燈，蓋著被子。父親的咆哮聲……母親的哭喊聲……隔天早晨，家中哪裡都找不到母親的身影。那天之後，他從來沒再見過母親。她去了大阪——關於母親的下落，父親只說了這句話。

只野嘆著氣說：

「我選擇遺忘，畢竟，她拋棄了我和妹妹。」

兵藤注視著只野的雙眼，左手緩緩拿起茶杯，似乎只是潤喉。

當他放下茶杯後，立刻開口。

「昭和元年（一九二六年），我在仲根村的貧困農家出生。」

只野大吃一驚。

「我父親叫勘藏，母親叫阿年，我在七個兄弟姊妹中排行第六，整天忙著幫忙種田，幾乎沒有去學校。」

只野把手伸進皮包，拿出小型錄音筆。自己通過了「面試」。就在這一刻，三百萬到手了——

「昭和二十年（一九四五年），我當時在茨城縣友部町的筑波海軍航空隊。」

兵藤突然跳躍到另一個時代。

這並不稀奇。至今為止，在為老人的自傳當幽靈寫手時，發現很多老人在談論自己的人生時，都會無視時間的先後順序，而是按照自己想說的順序。戰爭的經驗似乎很特別，所有老人不是最先說，就是說得最久。

只野職業性地點著頭，翻開筆記本。

「四月八日，我接到調令。調令的內容是，調任第二艦隊司令部，特此任命，接令立刻行動。第二艦隊司令部位在大和號戰艦上。我做好了戰死的心理準備。因為從航空隊的內部情報，得知大和艦要前往沖繩出擊。」

所以他是大和號戰艦的倖存者。

只野內心頓時感到寬慰，原來，就算是每年能賣出五千二百億日圓商品的獨裁會長，也不過如此。他也只是歷經了可稱為「時代的不幸」的戰爭，認為自己的人生與眾不同，並想在這世上留下「曾經活過」印記的老人之一而已。

「大和艦接到天一號作戰的命令後出擊，沒有足夠的燃料，沒有護衛的戰機。穿越豐後水道，前往沖繩的途中，就遭到美軍戰機的波狀連續攻擊，在佐多岬西南九十公里的地點被擊沉了。但是——我並沒有搭上大和艦。」

只野抬起頭。

「沒有搭上？」

「大和艦是在六日下午出擊，在我接到調令的四月八日時，它早已沉沒海底。調令的時間差，讓我撿回一命。」

原來是這樣。只野點點頭。

只野漸漸在腦海中勾勒出兵藤興三郎自傳的輪廓。這是天意般的調令疏失。這個已經死過一次的人，以這個特殊的經驗為出發點，邁向從創立兵藤電機到成長為龐大企業的波瀾壯闊立志傳奇。

正當只野手上的筆準備在筆記本上記錄時。

「我曾經殺過人。」

只野再次抬起頭。

「啊？」

眼前的黑色眼眸眼神堅定。

「將近三十年前，我殺了我心愛的女人。」

4

入夜之後，雨停了。

只野邀磯部去一家價格不菲的牛排店吃飯。他覺得擇日不如撞日，今天晚上立刻見面，彼此心裡都不會留下疙瘩。

「真厲害！太好了。」

磯部的笑容扭曲，只野無法直視。

「但是，你三百萬到手了，為什麼愁眉苦臉？」

「沒有啊。」

「喂喂喂，你該不會覺得對我不好意思？我不是叫你不要在意嗎？」

雖然這是原因之一，但他的腦海主要是被兵藤的話佔據了。

『我曾經殺過人。』

『我殺了我心愛的女人。』

那是真的嗎？

是在戰爭期間嗎？只野起初這麼以為。身為寫手聽取當事人的身世時，曾經有老人坦承，曾經用刺槍殺了敵方士兵。但是，兵藤的情況不一樣。他說「將近三十年前」，而且對象是「心愛的女人」。這意味著是在日本戰後和平時代發生的「真正意義上的殺人」。

那時，秘書村岡驚慌失措，立刻打斷兵藤。「今天就到此為止。」硬是把只野拉去走廊。只野被拉出去時，看著兵藤的臉。兵藤面不改色，靠在和室椅上。

將近三十年前……兵藤今年七十七歲，所以是在他快五十歲時發生的案件。聽磯部說，兵藤的妻子在二十年前去世，那就是說，在他妻子還活著的時候，他殺了另一個女人。既然這樣，很可能是他的外遇對象。花錢包養的情婦，或是如今已經很少用的說法，「妾室」或是「小老婆」之類的男女關係。

「奈緒美說她來不了。」

磯部把手機折起時說。牛排剛好送上來，磯部迫不及待地拿起刀叉，把三百公克的三分熟牛排送進嘴裡。

「太可惜了，錯過這次機會，下次不知道什麼時候才能吃到。」

只野突然想到，奈緒美是不是因為太常聽到這種負面的話而感到疲憊？

「對了，那個老傢伙和你聊些什麼？」

「……」

「你怎麼了？好像心不在焉。」

「嗯，喔喔，就是常見的模式，貧窮的兒提時代加戰爭。」

「這樣啊，就只有這些嗎？」

「今天是第一天。老傢伙還沒有掌握好節奏，在各個年代跳來跳去。」

他坦承殺了女人——

就算在磯部面前，仍不能輕易談論這件事。不，並不是只有這樣而已。自己手上有兵藤電機會長兵藤興三郎的秘密，就這樣輕易告訴磯部未免太可惜了。這種陰險的想法隨著時間的流逝，在只野的內心漸漸膨脹。

秘書村岡慌張的態度，讓當時目瞪口呆的只野發現茲事體大。村岡知道兵藤曾經殺人的事實，或是在某種因緣際會下得知此事，所以才會那麼驚慌失措——

難道兵藤有殺人前科嗎？

不可能。兵藤在年近五十時，已經是成功的企業家。若在那個時候犯下案件並留下前科，根本無從隱瞞；更何況，如此一來，他現在也不可能坐在會長的位置上。

那是一樁未曾偵破的殺人案——應該就是如此。正因為巧妙躲過警方的偵查，逃過逮捕，才有了今日的兵藤。

嘴裡的牛排完全沒有味道。

他為什麼殺了那個女人？

不……

兵藤為什麼要「自白」？

那起殺人案的追訴權時效早就過了，所以他決定說出來嗎？

只野想起了兵藤像雞骨般的身體。死期將近，希望在生前說出一切。是基於這種想法嗎？先前那位坦承用刺刀殺死敵兵的老人，正是抱著這樣的心情才吐露了往事。

但是，兵藤並不是默默無聞的老人，他是兵藤電機的會長。具有這種身分地位的會長坦承過去曾經殺人，會有什麼樣的結果？會對公司的聲名、信譽造成負面影響，更會打擊自己的公司。他拒絕所有想靠攀關係、走後門進公司的人，甚至不讓親生兒子參與公司的經營。為了公司兵藤投入所有心血，但最後卻會因為他自己的一句話而讓公司陷入困境。

即使如此，他仍然想要說出來嗎？

僅僅為了用文字記錄特別的自己，流傳後世。只要能夠達到這個目的，無論會造成什麼樣的後果都無所謂嗎？只野難以理解，難道兵藤的腦筋有問題嗎？

「你到底怎麼了？」

聽到聲音，只野才終於回過神。磯部不解地看著他的臉。

「你太奇怪了，一直魂不守舍。」

「面試讓我累壞了。」

「對你有幫助嗎？」

「嗯？什麼？」

磯部沒有回答，低下頭，把最後一塊肉放進嘴裡。

不必擔心，我會給你說好的那一成。只野在心裡吐槽。

他覺得無論三十萬還是三百萬都是小錢。

進入這家店之後，他就一直用鞋子頂著工作用的皮包。坦承殺人。皮包裡的錄音筆是兵藤電機南町店以「收音靈敏度超群！」為賣點，大力推薦的商品。

5

上了床之後，仍然輾轉難眠。

紙拉門外傳來電視的聲音。春代仍然沒有睡，一定是因為類風濕性關節炎發作，她痛得睡不著覺。

繼母做牛做馬、任勞任怨。有時候只野會想，也許是因為這個原因，自己才會接納她。繼母和瘦得像樹枝，而且極為神經質的生母完全不一樣。

只野連續翻了好幾次身。

他想的不是兵藤，而是自己的事。

白天的時候他有問必答，滔滔不絕地說出父母的事。雖然一方面是受到奈緒美的建議影響，但也許因為對方是和自己完全無關的人，而且見錢眼開。總之，自己就是為了那三百萬，把「只是不幸」當作商品賣出了。

他倒是沒感到半點痛苦。

他終於明白，自己的心中並沒有母親的位置。甚至無須再為自己辯解，只野的人生，說到底就只有「不幸」。

他在上高中時就知道了。離婚的家庭越來越多，這個同學的父親離家了，那個同學的父母似乎要離婚了。他總是偷偷看著同學愁容滿面的表情。大家都一樣。父母並不是為了孩子而活，自己只是比其他同學更早被拋棄而已——

他回想起奈緒美的腳趾碰觸自己腳背的感覺。

我們去那個吧。只野現在才感到心潮澎湃，雙腿之間有一股熱流。他和奈緒美——自己和奈緒美會有未來嗎？

春代乾咳的聲音傳入耳朵。風吹得玻璃窗嘎答作響。臉緊貼的枕頭有一股酸臭味。只野在黑暗中睜開眼睛。

他打算離開這個家。妹妹愛子嫁進三代同堂的園藝農戶家十年。這也許是他第一次想要改變自己的生活。

6

午休時間的縣廳前大道上，無論餐點多麼難吃的店，只要有午餐供應，每家店門口都大排長龍。

『好日純喫茶』咖啡店內生意冷清，留著小鬍子的老闆默默煮著咖啡，啤酒桶身材的老闆娘無聊地洗著杯子。隔著被髒污影響透明度的玻璃窗，可以看到『第五頻道』大樓三樓以下的部分。

只野和『新日銀行』的西川面對面坐在雙人座位。西川是他的高中同學，但兩個人的關係並沒有特別好。之前在路上巧遇時，只野曾經提到自己在當寫手，西川吹噓說，他有朋友在『東西新聞』的資料室，隨時可以介紹給只野。

西川二話不說，就答應了只野請他幫忙的要求。

「那我會打電話給她。你現在就會過去嗎？」

「對，麻煩你了，感激不盡。」

「舉手之勞，你想查什麼資料？」

「是關於以前發生的案子。電視台裡沒什麼紙本的資料——那我就過去了。」

只野準備站起來，西川叫住了他。

「你會來參加同學會嗎？」

西川是這次同學會的幹事，所以問只野要不要「來」參加，而不是「去」參加。

「如果沒有臨時接到緊急的工作，我就會去。」

「到了這個年紀，老同學就會分成願意參加和不太方便參加的兩大類。」

有必要在我面前說這種話嗎？只野有點火大，似乎不經意流露出來。西川見狀，慌忙說道：

「你很厲害啦，接案的工作自由自在，我們這些人只能在體制內討飯吃。」

至今為止，不知道曾經聽過多少人對他說類似的話，他總是以相同的回答應對。

「因為家裡包吃包住，才有辦法撐下去。」

「你知道嗎？三十三歲到三十五歲是死線。」

「什麼的死線？」

「就是辭職的年紀，聽說一旦過了三十五歲，辭職的人數就大幅減少。」

只野有一種被點醒的感覺。其實反過來也一樣。如果沒有強烈的意志，又沒有任何堅持，只是隨波逐流地當自由工作者，差不多就是在三十五歲之前，希望可以穩定下來。奈緒美就是如此，磯部雖然沒有說出口，但是一定厭倦了目前的生活。老實說，自己也——

「話說回來，我是不會辭職啦。」西川笑著說：「我沒有你那樣的勇氣，而且目前這麼不景氣，如果我說要辭職，我老婆會殺了我。」

雖然西川的話了無新意，但只野的大腦卻敏感地反應了——我老婆會殺了我。這句話不僅讓他想起兵藤說的話，他內心對未來的不安彷彿又重新浮現。

只野道謝後，走出咖啡店。

他快步走在人行道上，在迎面走來的那群男女中發現熟悉的面孔。是製作人赤塚。

只野來到赤塚面前時，向他打招呼。

「赤塚先生，午安。」

「啊，你好。」

兩個人擦身而過。

只野停下腳步。他轉過頭，凝視著那閃著光澤布料的背影。短短兩天的時間，他們已經變成沒有交集的人了。

赤塚正在和身旁的女人說話，無暇他顧——只野這麼告訴自己，但仍然無法消除內心的焦躁。

只野轉身追上去，叫住剛好在前方路口等紅燈的背影。

「赤塚先生。」

「有、有什麼事？」

赤塚的身體微微後仰，臉上帶著一絲畏懼。

只野忍著刺鼻的古龍水味，在赤塚的耳邊說：

「請問、如果我找到贊助商，可以有自己的單元嗎？」

赤塚瞪大眼睛。

「啊？」

「我的意思是，假設我——」

「不管你要兩個或是三個單元都沒問題，整個節目都給你也沒問題。」

除了赤塚，他身旁那幾個打扮入時的女生也都呵呵笑了起來。

只野頓時感到臉頰發燙。

「我改天再去找你。」

只野一口氣說完，逃也似地轉身離開了。

7

他在下午兩點多時抵達東西新聞社。

西川介紹的那位在資料室工作的熟人名叫佐伯有美，年紀大約三十歲左右。只野原本以為報社的資料室光線昏暗，空氣中帶著霉味，沒想到走進資料室，發現是有很多電腦，光線明亮、窗明几淨的辦公室。資料室工作人員的桌上幾乎沒有什麼紙張，管理資料庫的有美辦公桌上甚至沒有書架和資料收納盒。

「你要查將近三十年前，縣內發生的殺人案？」

有美重複著只野的要求，請他坐在椅子上的同時，微微歪著頭。

「是的，有辦法查到嗎？」

「那就是二十七、二十八、二十九年前嗎？既然是將近三十年前，就代表並不包含三十年。」

「我想應該是這樣。」

只野模糊地回答。

「那就先找出那段時間的新聞標題。」

「不好意思，在妳百忙之中打擾，麻煩妳了。」

「啊，你不必這麼客氣，舉手之勞。」

有美轉動椅子，面對電腦，然後輸入了幾個關鍵字。她看起來完全沒有嫌麻煩，積極到讓人不由得懷疑她和西川之間的關係。

不到十五分鐘，印表機就開始列印出報紙報導殺人案件標題一覽表。只野驚訝地發現竟然有十五頁，總共不下兩百件。

「有這麼多……」

「不，你誤會了，有很多是同一起案件的後續報導。你只要看粗體字就可以知道……呃，案件的數量……總共有三十二起，你可以坐在這張辦公桌看這些資料。」

只野鄭重道謝，然後坐在旁邊沒有人坐的辦公桌前。

他首先看了三十二起案件的粗體字標題，用紅筆刪除很快抓到凶手的案件和非合意的殉情案。

他只用幾分鐘就完成這件事，還剩下八起案子。他又比對了這八起案件和後續報導的標題，搞清楚每一起案件的內容。如果被害人是男人，就刪除那起案件，即使被害人是女人，如果是小孩子或是老人，也可以忽略。因為兵藤明確地說，對方是他「心愛的女人」。

只野重重地吐了一口氣。

八起案件中，有三起的被害人是男人，有兩起是老婦人，還有一起是小女孩。剩下的兩名被害人雖然是「女人」，但是看到後續報導之後，發現凶手都已經落網，全都破案了。

只野原本認定會是懸案，沒想到猜錯了，兵藤犯下的那起殺人案並沒有曝光。

他秘密地處理了屍體。

這個結論讓只野不寒而慄。

8

「人才重於一切。這可以說是兵藤電機的創業理念。一旦靠關係錄用人，公司就會變成一潭溫水，溫水很快就會變成冷水。無論公司有幾百個人、幾千個人，如果沒有人點火，公司就會凍結。」

兵藤家的客廳內，主人宏亮的聲音正侃侃而談。

「公司不能只是切磋琢磨的地方，而是輸或贏，生或死的二擇一戰場，這和出生、成長環境和學歷無關，我在錄用公司的員工時，隨時以人為判斷重點。有沒有志向？面對戰鬥時，是否有奮戰到底的決心？對銷售是否有強烈的執著？這三點是錄用的基準，唯一的例外就是赤誠。這同樣是我所重視的，我認為誠實和志向、鬥志一樣重要。」

只野低頭記錄。

雖然兵藤的談話很老派，但是內容並沒有前後矛盾之處。這兩個小時，只野的耳朵持續確認了兵藤沒有瘋，沒有錯亂。但是——

同一對耳朵也聽過神智很正常，同時是大企業最高負責人的兵藤輿三郎的殺人告白。

只野抬起頭，兵藤那雙黑色眼眸注視著他。

「那麼，今天就差不多——」

坐在房間角落的秘書村岡開口。他的聲音和態度都顯得侷促不安。

只野覺得自己不能就這樣離開。疑問和不信任在內心交織、翻騰，尋求出口。

只野向矮桌探出身體。

「會長——可以請教你幾個問題嗎？」

「喂，你！」

房間角落響起一聲急切的喊叫。

村岡站起來，兵藤用眼神制止他，雙眼緩緩移回只野身上。

「如果你有什麼問題就問吧。」

「好……」

只野覺得嘴巴裡都是口水，他吞下口水後說：

「會長，請問哪一種類型的人是你堅決不錄用的？」

兵藤立刻回答：

「不努力，只會做夢的人。」

只野立刻繃緊身體。他覺得兵藤精準地戳中了自己的痛點。

兵藤繼續說道：

「人生無法重來，如果無法百分之百地努力活在每一個瞬間，就沒有活在世上的價值。」

沒有價值……

只野立刻充滿尖銳的攻擊心。

殺人凶手別在那裡唱高調！

他差一點脫口而出。

鎮定。冷靜。他一次又一次提醒自己。

三百萬。不，也許可以撈到更多。這是轉機，是可遇不可求的機會。此刻在這裡面對兵藤興三郎，有可能讓陷入困境的自己有完全不一樣的未來。

他知道該怎麼做，那就是向兵藤興三郎打聽更詳細的情況，要讓兵藤說出關於他殺人的所有事。

只野眼角掃向放在矮桌上的錄音筆，確認顯示「錄音中」的紅燈亮著。

只野注視著兵藤的雙眼，覺得好像注視著黑暗。

「前天說的事，還有後續嗎？」

「什麼後續？」

「就是你殺了心愛的女人那件事。」

村岡還來不及發出叫聲，兵藤就伸手制止了他。

「你想問什麼？」

「我想請你說得更詳細點。」

「前天說的還不夠嗎？」

「光是前天說的內容，無法寫成自傳。會長，既然是你主動提起那件事，那就請你說得更詳盡一些。」

「喂！你不要太過分——」

村岡忍不住說道，兵藤再次用堅定的動作制止他。

兵藤把手收回來後，在胸前抱著雙臂。

「正確地說，是在二十八年前。」

「對方是誰？」

只野的聲音因緊張而變得尖銳。

「對方是什麼人？」

「無可奉告。」

「無可奉告？為什麼？這起案件的追訴權時效早就過了。」
「……」
「會長，你難道不是想說出真相嗎？所以前天才會對我——」
「那是不倫戀。」
「啊？」
「我們雙方都有家庭，但仍然持續了六年。如果她沒有死於非命，恐怕會持續更久。」
只野忍不住看向錄音筆的紅燈。兵藤就在同時抓著放在一旁的拐杖，拄著拐杖，緩緩站起來。
「會長，你還沒有……」
「……」
「請你再多說一些。」
「……」
兵藤低頭看著只野。
「其餘的部分，五天後再說。那是最後一次，你要用百分之百的實力寫好我的自傳。」

9

回程的電車很擁擠。

只野拉著吊環，身體隨著吊環晃動。

他的腦袋一團亂。

二十八年前殺人……

不倫戀情……

今天問到了比第一次更具體的內容，掌握的秘密更加深入。但是，他的心情很沉重。他不知道自己為什麼心情沉重，讓他更加憂鬱。

是內疚嗎？因為自己知道了別人的秘密，還打算利用它。

他知道自己不會為這種事良心不安。姑且不論真的去威脅恐嚇別人，如果只是想像而已，只野很想利用自己生活周遭所有的人，還早就在想像中用銳利的刀子刺殺了五個、十個人。

既然這樣……

果然還是因為那件事嗎？只野想到了鬱悶的原因，發出無聲的嘆息——

兵藤在二十八年前殺了人。母親同樣在二十八年前離家。那是只野五歲的時候。他目前三十三歲，減去五歲，剛好是二十八年。他在聽兵藤說明往事時，無意識地進行減法運算。違背常道的戀情——那句老派的話，讓他聯想到母親。母親拋棄只野和愛子，和男人私奔了。

他的嘴角浮現笑容。

這種想像很大膽。只因為「二十八年前」這個偶然，就把兵藤和母親連在一起。他們發生違背常道的戀情。而後兵藤殺了母親，因此母親在那天之後，就突然消失在只野兄妹的眼前——

這個世界上，會有這樣的巧合嗎？

他露出自嘲的笑容，但是，笑容立刻消逝。

他想到另一個巧合。

默默無聞的寫手只野，為大企業的會長寫自傳的巧合。

不，並不是這樣，並不是只有只野而已，兵藤透過村岡，希望『T・I・N』為他寫自傳，並沒有指名只野，只是因為磯部和奈緒美剛好沒有通過「面試」，所以才會輪到自己——

只野看向半空。

剛好？

他的身體突然傾斜，隨著嘰嘰嘰的刺耳聲音，電車迅速減速，然後還沒有到站就停了下來。車內廣播通知，發生乘客落軌意外。

只野的呼吸急速起來。

不是剛好……如果不是剛好呢？

兵藤只是把『T・I・N』作為幌子，一開始就決定由只野為他寫自傳。不，兵藤找只野去他家，只是為了坦承殺人的秘密。

為什麼？

因為兵藤殺害的女人就是只野的母親。

懺悔——他的腦海中浮現這個詞。

自己來日不多了，決定向自己殺害的女人的兒子，說出事情的真相。

如果是這樣，只野的不幸就不再只是單純的「不幸」——母親被人殺害，而兵藤興三郎摧毀了自己的人生。

這只是荒謬的妄想。

也許是這樣，但是——

基於常識的判斷力回到只野的大腦中。既沒有瘋，又沒有錯亂的大企業會長，不可能要求別人在自傳中寫下自己殺過人——

電車恢復行駛。

只野卻無法動彈。自己映照在車窗上的臉，看起來像是陌生人。只野自己的人生傳記，正被迫進行徹頭徹尾地改寫。

10

五天後——

兵藤的家中一片寂靜。

除了母親的事以外，已經不需要問其他的事了。

只野轉頭對村岡說：

「村岡先生，可以請你迴避一下嗎？」

「為、為什麼……」

「你先出去。」

兵藤命令村岡。

村岡一臉快哭出來的表情，消失在紙拉門外。

只野注視著兵藤。

他並沒有把握，但是需求、欲望和無盡的憤怒，把這句話從他喉嚨擠了出來。

「請你安排我進兵藤電機。」

兵藤不發一語，注視著只野的眼睛。

「請你安排我進公司當幹部，我應該有這樣的權利。」

「……」

「你有義務這麼做，難道我說錯了嗎？」

「……」

「你殺了我的母親，對吧？」

「……」

「二十八年前，是你殺了她。」

「……」

「如果沒辦法安排我進公司，那就給我錢。」

兵藤的手微微一動，握住拐杖，然後緩緩起身。

「等、等一下！」

「你去向村岡領三百萬。」

兵藤話聲毫無起伏，走出去。

「等……等一下！」

他的情緒爆炸了。

「你想用這點小錢打發我嗎！你要照顧我一輩子！」

「……」

「你不是說你和我母親曾交往六年嗎？我是誰的孩子？該不會是你的兒子！」

「你走吧。」

兵藤連一眼都沒有看只野，乾瘦的身體消失在走廊上。

只野猛然起身，追上去。

「這樣好嗎？」

他把錄音筆遞到兵藤面前。

「你安排我到你的公司當董事，財產也要分我。不然的話，我會把你的告白錄音帶交給媒體！你會身敗名裂，公司還會倒閉，這樣沒關係嗎？」

「到此為止。」

只野起初不知道是誰在說話。

紙拉門打開，村岡走了進來。不，這個人真的是村岡嗎？他眼神銳利，態度落落大方，沉穩自信。只野目瞪口呆地站在原地。

村岡跪低身子，把手伸進矮桌下方，拿出最新型的錄音筆。紅色的燈在閃爍。

「這是恐嚇罪的鐵證。」

村岡用鼻子冷笑一聲，向只野遞上名片。『兵藤徵信社』幾個字格外刺眼。

「我有言在先，我在這裡可不是靠關係，我爸爸肯定我的偵查能力。」

「所以你是——」

他就是被兵藤電機拒絕錄用的親生兒子。

只野瞪大眼睛轉頭看向後方，兵藤已經不見了，只聽到拐杖的聲音在走廊上漸漸遠去。咚、咚、咚……

村岡繼續說著，似乎要把只野的注意力拉回來。

「首先要澄清你的誤會，你並不是我的弟弟，因為血型不符。其次，殺害你母親的並不是我爸爸，八成是你的父親。」

只野極度震驚，說不出話。

「你的母親和我爸決定要在一起，他們分別寫好離婚協議書。他們約定，我爸先搞定離婚的事，但是我媽不願意蓋章。你的母親當時很著急，不久之後，就發生了那起案子。可能你母親把離婚協議書交給你父親，或被他發現了，因此你父親一怒之下殺害她——這只是我的猜想。」

那天晚上……

父親大聲咆哮，母親哭喊著……

「我爸一直覺得你很可憐，他說希望在他有生之年，替你在公司安排一個職位，但因為有我這個前例在，不能走後門讓你進公司。於是我爸安排面試，讓你以為他殺了你母親，透過這件事來瞭解你的本性，確認你是否誠實，而且事先決定，無論你對我爸說再多怨言，都算通過面試，只有你試圖勒索時，才認定你不合格。」

只野站在那裡聽著村岡說話，他的大腦和感情都停擺了。

「來交換吧。」

村岡說完，從只野手上搶走錄音筆，然後把自己手上的錄音筆塞到他手上。

「最後告訴你一件事，你母親當初打算帶著你和你妹妹一起離家。」

外面的風很大。

只野走在往車站的路上。

自己的身影拉得很長。

站在圍牆上的白貓看著他。

那隻貓用彷彿知曉一切的眼神，目送著只野離去。

淚水不知不覺模糊雙眼。他不知道自己為什麼流淚。

被淚水模糊的雙眼看到當年的名牌，但是，現在文字卻很清晰。

只野正幸——

原來是只有正幸嘛。

他稍微加快腳步，感受到一種和之前略有不同的可笑，忍不住發出呵呵的笑聲。

口頭禪

1

每週二和週四，早上起來後倒垃圾，吃完早餐的吐司，去家事法庭的調解委員會——不知不覺中，建立起這樣的生活節奏。

關根雪江換上灰色套裝後回到客廳，對著電視螢幕上的報時校正延遲的手錶。必須抓緊時間。如果沒有趕上九點零二分的公車，下一班要等三十分鐘。雖然搭下一班公車剛好可以趕上十點開始的調解會，但調解委員上氣不接下氣地衝進調解室，總是有失體面。而且今天要處理離婚調解的新案子，在和當事人見面之前，要先和搭檔的調解委員交換一下意見。

雪江告訴丈夫，中午過後會回家，然後就匆匆出門。裝飾在玄關的鴨跖草白花在她眼中留下一道殘影。昨天是自己的生日，她心血來潮插了花。她對五十九歲這個年紀沒有特別的感慨，如果說，她對打電話來的兩個女兒半開玩笑說著「終於到了這歲數」，或是「好不容易到了這個年紀」的調侃完全沒有感覺，那當然是騙人的，但是她並沒有像男人那樣，腦袋中有「六十歲＝退休＝老後」的公式；反倒是四年前第一次抱孫子時，更讓她有邁入老年的真實感。

公車的座位上有七成都是滿臉皺紋的老人，男人都很安靜，女人很聒噪，不是說媳婦的壞話，就是說隔壁或是對面鄰居的閒話，還有丈夫家親戚的壞話。這些讓人聯想到落語經典段子的話題，她們可能在抵達綜合醫院的候診室後，仍然會繼續聊下去。雪江在綜合醫院兩站前的「法院前」按了下車鈴。她很喜歡這個瞬間，解放感與微小的優越感交織在一起，讓指尖為之躍動。

F家事法庭並沒有獨立的大樓，而是在地方法院大樓的二樓和三樓，南側的走廊上陽光充足燦爛，但是來來往往的人都因為嚴重的家庭問題而愁容滿面，形成鮮明對比。

雪江沿著正前方的樓梯上樓，靜靜推開家事法庭書記官室的門。

「早安。」

堀田恆子用開朗的聲音向她打招呼。恆子三十多歲，是家事部的書記官，很擅長和長輩打交道，雖然是女性書記官，卻完全沒有架子。之前聽說她是實際掌管整個二樓的「女王」，男性調解委員對這種事完全不知情，都對她讚不絕口——如果這個世界上，每個太太都像妳這樣，離婚調解的案子就會大大減少。

恆子修長的手指翻著卷宗。

「關根太太，妳今天要接新的案子吧？」

「對。」

雪江像平時一樣，慢吞吞地在出勤簿上蓋上印章，抬頭看著恆子。

「綿貫先生已經來了嗎？」

「對，他剛才去休息室了。」

恆子回答之後，一臉同情，壓低聲音說：

「妳這次的搭檔是綿貫先生，真是辛苦妳了。」

雪江露出一抹笑不出來的表情，含糊點頭。

搭檔——調解同起案件的委員稱為搭檔，通常都希望和合得來的人搭檔，但是調解委員無法事先得知和誰搭檔，而是由家事部決定。總之，就是全憑運氣。關於家事法庭調解的現況，經常有人在批評「調解委員的好壞落差太大」；其實就連調解委員本身，也會因搭檔好壞而影響心情。

這次可以說抽到下下籤。

六十八歲的綿貫邦彥是退休的中學校長，個性頑固，無法通融，對那些「想要離婚的妻子」特別嚴厲，廣為人知。之前和綿貫搭檔調解離婚案件時，雪江久違地親身感受「男尊女卑」這四個字。男性調解委員——尤其是高齡的委員——往往希望女人能夠「賢慧持家」，成為「共患難的糟糠之妻」。雖說不難理解，但當面對無法再忍受丈夫反覆施暴而不得不尋求調解的妻子時，綿貫卻一開口就咄咄逼人：「難道妳要讓妳的孩子沒有爸爸嗎？」把當事人逼得嚎啕大哭。綿貫那種盛氣凌人的態度，實在太讓雪江傻眼。

雪江走出書記官室，走向調解委員休息室。今天開始的調解的案子也是「想要離婚的妻子」提出申請。半個月前，得知這次的搭檔是綿貫時，雪江就繃緊了神經。她知道，如果自己不有意識地偏向妻子那一方，很可能反而會嚴重缺乏公平性。

休息室內已經有十五名左右的調解委員，正一邊喝著茶，一邊聊天。有兩組人員今天要接新的調解案子，沒有和其他人坐在一起，而是在旁邊的桌子旁討論。綿貫站在窗邊，背對著這裡，看著中庭綠意盎然的樹木。

「綿貫先生——」

雪江叫了一聲，綿貫沒有表情的臉緩緩轉過來。

雪江恭敬地低頭致意。

「我是關根，這次又將和你搭檔調解了，請多指教。」

「啊啊，請多指教……」

綿貫沒有平時那股傲慢態度，雙眼無神，完全沒有霸氣，簡直就像變了一個人。

「……綿貫先生，你身體不舒服嗎？」

雪江在桌子旁坐下，討論了五分鐘左右後忍不住開口詢問。因為綿貫心不在焉，讓她有些焦躁。

「不瞞妳說……」

綿貫很乾脆地吐實。他去做了市政府主辦的定期健檢，在胸部X光檢查中發現可能有不正常的陰影，昨天收到健檢中心寄來的複檢通知。

這麼點芝麻小事——

雪江差一點脫口說出以前經常聽到的話。

那是前年去世的母親的口頭禪。母親心高氣傲，自尊心很強，對兒女的管教十分嚴格。只要陷入沮喪時，母親就會說這句話——這麼點芝麻小事，有什麼好哭的？這麼點芝麻小事，趕快忘了吧——

這句話在不知不覺中變成了雪江的口頭禪，她經常用嚴厲的語氣，對兩個在外膽小沒用的女兒說這句話，對逃避社會的丈夫說這句話，同時也對無數次快要被擊垮的自己說這句話。

雪江換上淡定的表情。她明白男人在對健康失去自信時的脆弱。

「一定搞錯了，在那種莫名其妙的車子上照的X光根本不能相信。」

「希望是這樣……」

綿貫甚至連故作堅強都忘了。他的妻子在三年前去世，看他的表情，似乎已經在想像沒有人陪伴的孤獨住院生活。

「今天由妳主導進行吧。」綿貫對雪江說完這句話，就起身去洗手間。

雪江嘆了一口氣，低頭看著攤在桌上的卷宗。

『平成十四年（家事法庭乙字）第315號　夫妻關係調解事件』

『聲請人　菊田好美（二十九歲）』

『相對人　菊田寬治（三十歲）』

如果綿貫一直處於目前的狀態，在這次的調解中，這個名叫菊田好美的女人也許可說是抽到了上上籤。

雪江繼續看著卷宗。她已經看過兩次，知道大致的內容。

菊田寬治和好美從高中時就開始交往，八年前結婚，有三個女兒，分別是八歲、六歲和五歲。從長女的年齡判斷，他們應該是時下流行的「先有後婚」。從幾年前開始夫妻關係惡化，去年開始分居。好美目前帶著三個女兒回到娘家。好美多次要求協議離婚，但菊田不願意答應，因此這次交由法院調解。

至於離婚的理由——

好美在聲請調解的動機欄內的項目中，勾選了超過一半以上的項目。「個性不合」、「外遇」、「酗酒」、「花錢如流水」、「精神虐待」。兩個月前，家事調查官向她詢問情況時，她直截了當地表達自己的心情，說「如果要繼續和他在一起，不如死了算了，我想趕快和他離婚」。

雪江看向門口。一名曾擔任過檢察官的委員剛走進來，他的搭檔以前是護理師，正在向他低頭致意。

綿貫去廁所後一直沒有回來。雪江猜想他可能直接去三樓調解室了，雖然時間還有點早，但她抱著卷宗離開了休息室。

她剛走上樓梯時，就在樓梯上方看到菊田好美的背影——之所以如此判斷，是因為一身樸素套裝的她，帶著和卷宗資料上年齡相符的三個女兒。比較大的兩個女兒都穿著洋裝，看起來像是么女的女孩穿著幼兒園制服，和一個頭髮花白，有點年紀的女人牽著手。那個女人應該是好美的母親。

最小的女兒在笑，而二女兒不小心掉了一只鞋子。

去打聲招呼吧——雪江下定小小的決心後，加快了走上樓梯的腳步。我是妳的調解委員，請不用太緊張——雪江認為這樣說一聲應該沒什麼問題。爬完樓梯後，雪江追上她們。好美和她的母親聽到雪江的腳步聲，同時轉過頭。

雪江倒吸了一口氣。

過了好幾秒，她才終於瞭解到自己為什麼會有這樣的反應。
因為她認得。她認得好美。不，她認得好美的母親。
好美的母親緊張地向雪江點點頭打招呼。
「不好意思，請問休息室在哪裡？」
雪江指向右側，慢了一拍後，才很不自然地回答：
「聲請人休息室在那裡。」
「請問——」這次是好美開口，她看起來侷促不安。「會遇到對方嗎？」
「不會。兩方休息室不同，請無須擔心。」
好美和她的母親向雪江鞠躬道謝，雪江轉身背對她們，走向兩側有很多調解室的走廊。
她的腳微微顫抖。
難以置信。
但是，自己絕對沒有看錯。尤其是「那個女人」的臉，更加不可能看錯。
雪江進入第三調解室。綿貫還沒有出現。她立刻將卷宗丟在桌上，匆忙翻找著。
心跳得很快。她在找到戶籍謄本之前，就已經看到身分關係圖上的姓氏。
她覺得全身的汗腺都張開了。

果然沒錯。

菊田好美在婚前姓『時澤』——

2

雪江茫然失神了片刻。

她看向牆上的時鐘。距離調解開始還有十五分鐘。她為了平靜心情，拉開椅子坐下。

熟人——如果遇到熟人，按照規定，必須申請迴避，退出調停。這裡不是大城市，在小地方當調解委員多年，誰都可能有一兩次遇到熟人。雪江去年就曾經遇到過。她被分配到一起新案子，是聲請收養關係無效，聲請人是她認識的專門研究地名由來的地名研究家。雪江大學畢業後，在縣立圖書館當圖書管理員多年，當時曾經多次協助那位地名研究家找資料。她向書記官說明情況之後，由其他調解委員來代替。

但是……

菊田好美。以及她的母親時澤糸子。她們算是自己的熟人嗎？

雪江從來沒有和她們說過話，雖然雪江認得她們，但她們並不認識雪江。

雪江閉上雙眼。

當時的記憶就像翻湧的雲層般甦醒。十二年前，不，差不多快十三年了。

雪江當時住在縣營的超大型住宅社區。長女水紀在食品批發商工作，小女兒奈津子剛升上縣立高中二年級。原本是小學老師的丈夫房夫休假兩年之後，在三個月前辭去教職。最初的病名是自律神經失調，然而不久之後就變成身心症，必須定期去精神科回診。

雪江那時失去了人生的方向。奈津子的拒學更是雪上加霜。在梅雨季節剛結束的七月，奈津子突然不去學校上課了。

我身體不舒服。奈津子每天早上都躺在被子裡這麼說。問她哪裡不舒服，她不願意回答，連量體溫都不願意。這麼點芝麻小事——雖然雪江一開始這麼激勵奈津子，不過仍漸漸開始擔心。雪江想要把她從床上拉起來，認為無論如何，先去醫院檢查一下，可是奈津子大哭大鬧，激烈抵抗。這絕對不正常。到了這個階段，雪江才終於面對現實——奈津子不是生病或是荒廢學業，而是拒學。

雪江很困惑。她搞不懂奈津子為什麼拒學。奈津子的成績還不錯，她之前曾經說，學校很多老師都很有個性，上課很有趣，從不缺席曼陀林愛好會的練習。她曾經擔任過棒球隊的經理，有時會有男生打電話來家裡。雪江一直以為，奈津子享受著快樂的青春歲月。

沒想到……

雪江發現奈津子很少聊班上的話題後，隱約心生懷疑，也許奈津子在學校被霸凌了。然而奈津子矢口否認「沒這種事」。雪江曾到學校去，不過班導師同樣不知道奈津子拒學的原因。就在那時，雪江還發現奈津子一直小心保管在壁櫥內的陶製撲滿不見了。她從小就把壓歲錢存在這個撲滿裡；雪江叫她存去銀行，她卻說捨不得敲破撲滿，一直不願意打破撲滿。十萬圓——不，撲滿裡的錢應該超過這個金額。「到底用在哪裡了？」雪江追問，奈津子只是堅稱「不知道」，最後甚至說「也許被小偷偷走了」、「可能是姊姊偷的」。

暑假之後，奈津子的態度才漸漸軟化緩和。她躲在自己房間內的時間減少，稍稍恢復了開朗的表情。顯然是奈津子因為學校放假而發生變化。這讓雪江再次懷疑奈津子在學校是不是被人霸凌，可能有人勒索金錢。當時，學校內的惡劣勒索事件正好在各處曝光，每天都佔據著新聞和電視的版面。

雪江內心充滿不安和懷疑，不過她仍帶著得到拯救的心情，守護著奈津子漸漸恢復。她一心希望奈津子恢復以前的樣子，覺得不必急著問奈津子到底發生了什麼事。或許是雪江的心意傳達到了，奈津子不再表現出排斥的態度，中元節過後，當雪江邀她一起去購物時，她也會點頭答應。沒想到——

那是在附近的超市買菜的時候。奈津子說想吃生魚片，雪江正在看特價商品。

這時，她感覺到一股視線。

抬頭一看，發現一個身材高挑的少女站在通道前方，身上穿著和奈津子相同的高中制服，手上拎著裝著網球拍的運動包。

雪江覺得少女的眼神很可怕。少女收起下巴，帶著挑釁的眼神看過來，但並沒有看雪江——少女的視線直直地投向奈津子。雪江永遠都不會忘記奈津子當時的反應。她低著頭，臉色就像白紙一樣蒼白，嘴唇微微發抖。「她是誰？」雪江小聲問，但是奈津子沒有回答。雪江將視線移回通道，發現少女拿著一袋零食，正準備轉身離開。少女和她的母親在收銀台附近會合。她的母親一頭微捲的栗色頭髮，穿著水藍色針織衫，以及花卉圖案的荷葉裙。這個亮麗的女人全身散發著都會氣息。

那天之後，奈津子又不再出門了。雪江下定決心問她：「是不是那個女生霸凌妳？」奈津子怒目圓睜，對著雪江大叫：「別管我！如果妳多管閒事，我就死給妳看！」

雪江痛苦不已——因為她無法和丈夫商量。

家裡就像是有兩個拒學的孩子——房夫同樣經常關在房間內，什麼都不做，什麼都不說。

身心症這個疾病名字同樣讓雪江痛苦萬分。婆婆很在意外界的觀感，再三叮嚀她，絕對不可以告訴任何人房夫去精神科就醫。婆婆壓低聲音說，這不僅是為了房夫的將來著想，更會影響到水紀和奈津子的婚事。這也是雪江最擔心的事。她厭惡、鄙視心理疾病，自己的祖父母和父母理所當然地從小灌輸她這種根深蒂固的偏見，就算得到這種疾病是自己的丈夫，她仍無法放下成見。

她巧妙地從里民會幹部口中旁敲側擊打聽到，在超市見到的那對母女，是住在縣營住宅最南側K棟的「時澤」，還知道時澤家的獨生女好美和奈津子都讀二年級，而且是隔壁班的同學。

雪江不止一次想去找好美興師問罪，問她到底對奈津子做了什麼。雪江很想問清楚，然後要她向奈津子道歉，保證以後再也不會靠近奈津子。

但是，雪江終究沒有付諸行動。那份懊悔至今仍然像一根刺，深深地扎在她的心上。奈津子說，如果雪江多管閒事，她就會去死。然而，想到奈津子是因為內心的巨大痛苦，才會說出這種話，身為母親，難道不該為了消除女兒的苦惱，去敲開時澤家的大門嗎？

雪江當時很害怕，她不想在社區內惹事生非。她考慮到，一旦引起風波，奈津子拒學一事就會成為別人茶餘飯後的話題，搞不好連房夫生病的事也會曝光。因此，雪江最後沒有採取行動，她整天膽戰心驚地過日子，她太害怕世人的眼、口和雙耳了。

雪江睜開雙眼。

當時的感受湧上胸口，她感到陣陣刺痛。

她看向牆上的時鐘。距離調解開始的時間只剩下三分鐘。她仍然猶豫不決。那對母女並不是熟人，但是，自己無法否認，對時澤母女有特殊的情緒存在。調解委員雖然是兼職工作，不過仍是國家公務員，自己是否該申請迴避？

雪江再次閉上眼睛。

一輛鮮紅色的Starlet浮現在她眼前。

時澤糸子。她看起來很幸福。雖然和雪江住在同個社區，但衣著很時髦，總是買高級肉品，開著看起來像她專用的Starlet去髮廊。

在國宅通往超市的坡道途中，那輛擦得亮晶晶的Starlet從雪江的身邊駛過。雪江總是滿身大汗、奮力騎著腳踏車，車籃內塞著特價傳單。為了照顧房夫，她辭去工作多年的圖書管理員一職，用打算買房子的存款來支付每個月的房租，而婆婆給她如同封口費般的那筆錢，則拿來支付醫藥費，靠水紀剛開始工作的微薄薪水，養活一家四口。「這麼點芝麻小事」——當她反覆喃唸這句話時，眼淚也曾奪眶而出。

秋天之後，那輛紅色Starlet從國宅消失了。

一段時間後，才聽說時澤一家在郊區建造了大房子，搬走了。她的丈夫是空調設備公司的課長，有人說，他們的新房子有中央空調。

但是，之後又怎麼樣了？

剛才看到的時澤糸子顯得很蒼老，或許是因為她的頭髮已然花白。雪江記得她比自己小三、四歲，但是看起來像已經六十好幾的人。身材走樣，穿著褲頭是鬆緊帶的長褲，完全不像是在郊區的豪宅悠然過著老後生活的樣子。

雪江不知不覺中露出笑容。

奈津子雖然高中時經常缺課，但最後總算畢業，之後考取口腔衛生師的執照，她在牙醫診所工作時，日後將會接手診所的繼承人對她一見鍾情，嫁入豪門。新郎在婚禮上說的一番話，至今仍然留在雪江的耳邊。「我深深感謝我的岳父和岳母，培養出這麼溫柔、有主見的女兒。」前年，奈津美生下孩子，看起來很幸福，每個月都會開著紅色的德國車，帶孫子回來看雪江。

真不知道時澤家是怎麼教女兒的——

好美年紀輕輕就和沒出息的男人搞在一起，生了三個女兒，最後哭著來家事法庭，說想要離婚。

贏了——當這種赤裸裸的感情衝上腦門時，調解室的門被打開了。

綿貫走進調解室。

「咦？他們還沒有進來嗎？」

雪江看著手錶。剛好十點整。

「那我去叫他們？」

雪江在心裡點頭同意了。

「……怎麼了？現在還不方便叫她們過來嗎？」

雪江抬起雙眼說：

「可以麻煩綿貫先生去請她們進來嗎？」

「沒問題，小事一樁。」

門關上了。

這並不是報復，自己只是想瞭解時澤母女在那之後的生活。想要親眼、親耳確認——過去和現在處境逆轉的事實。

雪江的內心沒有內疚。

她摩擦著右手臂。她仍能清楚感受到紅色Starlet在坡道上駛過時的風壓。

3

綿貫走回房間，在雪江旁邊的椅子上一屁股坐下。不一會兒，聽到了敲門聲。

「打擾了。」

菊田好美微微低頭走進來，戰戰兢兢地在對面的椅子上坐下後，注視著雪江的臉，然後輕輕「啊！」了一聲。

雪江全身一陣雞皮疙瘩，但好美立刻低頭致意。

「謝謝妳剛才那麼親切。」

對啊，她不可能知道自己是誰。雪江並沒有報上姓名，那次見到好美，已經是十三年前的事了，而且只有那一次而已。雪江是在樓梯上同時看到她們母女，才會想起來，如果時澤糸子今天沒有陪女兒一起來這裡，雪江根本不可能想到，眼前的好美就是那天在超市見到的少女。

「不客氣。」

雪江毫無抑揚頓挫地回答後，轉頭看向綿貫。綿貫立刻用眼神示意她「請開始吧」。雪江原本以為在調解開始後，綿貫會想要掌握主導權，沒想到猜錯了。雪江內心期待綿貫用一貫的嚴厲態度痛罵好美。

雪江微微向前探出身體，握著雙手。

「首先必須說明，調解和判決不同，這裡不是決定善惡和黑白的地方，而是由我們調解委員居中協調，尋找出雙方都能夠接受的公正合理的協議方案。我們會和你們一起動腦筋，會努力提供協助，但是請不要忘記，這終究是你們夫妻的問題，你們必須自己思考解決之道。」

菊田好美一動不動，認真地聽著雪江說話。至少雪江認為如此。

「另外，調解委員會是由我們兩個調解委員，和一名家事法庭的法官組成，只是法官目前沒有參加。法官是現職的法官，都會看我們每次寫的報告——」

「請問……」

好美突然用擔心的語氣開口。

「妳剛才說到『每次』……請問總共要調解多少次？」

雪江很驚訝。一方面是因為好美打斷她說話，而且調解還沒有開始，她就已經心急想知道調解次數了。

雪江清清嗓子後回答：

「這要看個案情況，通常是三到六次。」

「六次？那要耗費多長時間？」

「調解基本上是一個月一次——」

「那就是要半年？」

好美再次打斷雪江，雪江輕輕瞪她一眼。時澤家的教育到底是怎麼回事。

「我等不了半年，我真的想盡快離婚。他真的很爛，是個渣男，我的父母和朋友都叫我趕快離開他——」

這次換雪江打斷她。

「請冷靜一點，我們會一件事一件事逐一釐清。」

雪江翻開卷宗，刻意以輕鬆的措詞語調開始。

「你們是從高中就開始交往？」

「其實我們從國三就開始交往了，是他死纏爛打，我在無奈之下就答應了。他很早熟，那個時候就很好色。」

雪江心想，好美似乎打算把整個青春時代的回憶都當作離婚的理由。

「但是，妳起初也很喜歡他吧？畢竟你們交往六年，而且之後還結婚了。」

好美露出一絲困窘，不過批評丈夫的氣勢並沒有減弱。

「我們後來上了同一所高中，那算是順水推舟，才繼續在一起。他的獨佔欲很強，只要我對其他男生有興趣，他就會罵我，還曾經打過我好幾次。」

「他一定很喜歡妳。」

好美原本想藉此表達丈夫對她施暴，但雪江從另一個角度詮釋，讓她很生氣。綿貫瞥了雪江一眼。他可能對雪江似乎在袒護聲請人丈夫的發言感到很意外。

雪江默默翻著卷宗。

她想將話題引向高中時代。好美為什麼要霸凌奈津子？向奈津子勒索金錢的人也是好美嗎？雪江絞盡腦汁，思考有沒有方法從和好美的對話中找出真相的蛛絲馬跡。

但是，她很清楚，進行調解時，調解委員不便主動引導話題。

「請命令他和我離婚。」

在雪江眼前，這個容顏憔悴、內心枯槁的可憐女人噘著嘴。雪江想起了奈津子——想起奈津子抱著孩子，從亮閃閃的進口車走下來，面帶笑容的樣子。

雪江輕輕吸了一口氣。

「接下來要請教妳一些具體的情況。請問妳聲請調解的動機是什麼？應該有很多吧？」

「對。」

「妳是不是懷疑妳先生的交友關係？」

「對，他不止一次外遇。」
「有他外遇的證據嗎？」
「雖然沒有，但是我知道。」
「妳怎麼知道？」
「像是摩鐵的火柴啦，或是香水味，他的手機整天都響不停。」
雪江覺得她根本在信口雌黃。
「妳還勾選了『精神虐待』，請問是什麼樣的情況？」
「有各種情況，不計其數。」
「可以舉個例子嗎？」
「他有時候對我不理不睬，或是在我面前大肆稱讚別的女人，還說什麼誰的太太連續生了好幾個兒子。」
「妳先生想要有兒子嗎？」
「他只是故意酸言酸語，他根本不愛小孩，自從分居之後，他從來沒有來看過女兒。」
好美氣鼓鼓地說，毫不掩飾內心的煩躁。
「我們在這裡聊這些根本沒有幫助，比起在這裡耗時間，你們還不如去說服他。

只要他點頭答應，我們馬上就可以離婚了。」

雪江闔起卷宗，刻意停頓片刻，但沒有等到綿貫一如往常的斥責聲。雪江終於知道，這種時候，男人是只為了自己而活的生物。

雪江看著好美氣鼓鼓的臉，以低沉的聲音說道：

「事情沒這麼簡單，況且你們還有三個女兒。」

「我會負責好好養大她們。」

「來這裡之前，有沒有和妳先生談過扶養費的問題？」

「這就是重點，他就是因為不想付贍養費和扶養費，才不肯離婚的。」

「他是這麼說的嗎？」

「他並沒有說出口，但一定就是這樣。」

好美凡事都是以自我為中心。

雪江透過眼前的好美，看到時澤糸子的臉。

雪江讓已經衝到喉嚨的問題自然溢出。

「妳目前住在娘家嗎？」

「是的。」

「離婚之後有什麼打算？」

「我打算搬離娘家，娘家空間很小。」

「很小？」

雪江不假思索地反問。

「是，我們以前曾經住在大房子裡，不過我父親任職的公司倒閉了，現在租的房子很小。」

雪江的背脊掃過一陣寒顫。她不知道是快感還是不寒而慄。

「真是辛苦妳了。」

雪江沒看向好美雙眼，而是注視著好美的鼻子說道。

好美的眼中閃過一絲驚訝。她一定察覺到了那句話的弦外之音。

雪江抬起眼睛。十點四十分。和對造菊田寬治面談的時間到了。

「等一下我們會聽取妳先生的說法，結束之後，會再請妳進來一次，在此之前，請妳先去休息室等待。」

好美有點依依不捨地緩緩起身，輪流看向雪江和綿貫後，懇求地說道：

「拜託你們讓他答應離婚。我和他的確曾經有過快樂的時光。他以前是棒球隊的王牌選手，真的很帥，而且曾經對我很好。可是已經回不去了……我們之間完全沒有感情了。請你們轉告他，我不會提出太多要求，我當然希望拿到贍養費，但是只要他答應離婚，就算金額不高也沒關係。」

好美垂頭喪氣，靜靜地走出調解室。

雪江看向綿貫問：

「你有什麼看法？」

「她急著想離婚，又不要錢，顯然找到『頂級碼頭』了。」

綿貫一臉無趣地說。他認為好美其實已經找到各方面都更好的對象，想重新「上岸」，正暗中準備再婚。

雪江也有同感。好美的言行舉止太像在演戲了，而且從她的妝容和穿著，就知道她還沒有放棄自己，仍保有女人的自覺。

身為調解委員，久了就知道，女人另結新歡的比例的確在持續增加。這代表女人變強了，時代和輿論都支持女人，讓她們可以不在意自己是否離過婚，投入新的戀情。但雪江認為，這是因為有越來越多男人缺乏讓女人死心塌地的能力，又不努力。他們依賴對男人瞭若指掌的「成熟能幹女人」，言聽計從，從女人身上尋求安逸感。這種軟弱又不會談戀愛的男人，造就越來越多女人放棄死守，重新擇木而棲。

「我去請對造過來。」

雪江向綿貫打聲招呼後，來到走廊上。

她無意責備好美。如今的她，已經有餘裕，可以瞇眼欣賞落水狗幸運地爬上河裡的沙洲了。

4

曾經是棒球隊王牌選手，真的很帥——從菊田寬治的眼神，不難看出他仍然沉浸在以前被女人簇擁時代的優越感之中。他的頭髮梳成服貼的油頭，鬆開了高領襯衫的兩個鈕釦。

綿貫又擺出一副「妳看著辦吧」的表情。

「太太那邊，想要離婚的想法似乎很堅定。」

雪江一開口，菊田就用力抓著頭。從表情不難看出他根本不想來這種地方。

「菊田先生，你們為什麼會鬧得這麼僵呢？」

「不知道……」

「是因為你外遇嗎？」

菊田在臉前搖著手。

「我才沒有，雖然很久很久以前，可能曾經有過幾次。」

不知道三十歲男人口中的「很久很久以前」是指什麼時候……

「那究竟是什麼原因呢？」

「嗯，個性不合嗎？那女人完全變了。」

「但是你不想離婚？」

「嗯，算是吧……」

「為什麼？因為錢嗎？」

菊田咂舌。

「好美那傢伙，竟然說那種話嗎？」

「不，並不是你太太說的。」雪江慌忙否認，「你們有三個孩子，一般來說，可能要付不少扶養費。」

「這點錢，我有辦法搞定。」

他的聲音一聽就知道在虛張聲勢。雪江手上卷宗的職業欄內寫著「在谷中物產任職」。雪江聽都沒聽過。

「既然這樣，那麼不同意離婚的理由是什麼呢？仍然愛著你太太嗎？」

「怎麼可能？」菊田嗤之以鼻，「我才不想和那種歇斯底里的女人一起生活。」

雪江注視著菊田——既然這樣，為什麼不願離婚？她就這麼望著菊田好一會兒。

菊田終於無可奈何地嘆了口氣。

「……那不是很丟臉嗎？她單方面提出離婚，我怎麼可能就這樣乖乖蓋章？」

原來他覺得由好美提出離婚，是踐踏了身為男人的面子，為了報復，才堅持不同意離婚。

雪江沉默片刻後，靜靜地說：

「也就是說，並不是打算重修舊好。」

「完全不想。」

菊田斬釘截鐵。

雪江看向綿貫，以視線強力要求他表達意見。這種時候，應該是男人和男人之間的談話。

「嗯，這個嘛……」原本靠在椅背上的綿貫終於坐直身體，「這樣下去不會有結果，如果調解兩三次仍然不行，你太太可能會要求法院判決。」

「法院判決……」

菊田臉色一沉。

「對，不過上了法庭就和調解不一樣了。到時候會公開審理，可能會傳喚你的親朋好友出庭作證。」

這次，菊田臉上閃過一絲恐懼。

「公司的同事也會？」

「如果有必要的話。」

「那就太傷腦筋了，我連分居的事都沒有跟公司說。」

除了面子，他還想自保。雪江心想，菊田漸漸露出了底牌和本性。

「各方面都希望你充分考慮，在下次調解之前整理好想法。是否要和你太太修復關係，如果決定離婚，希望是以什麼形式辦理。請不要逃避問題，要仔細想清楚。」

請不要逃避問題——紙老虎綿貫用這番最該說給自己聽的說教作為總結。

菊田垂頭喪氣地走向通道。雪江也立刻起身，準備去叫好美。但是——

當雪江來到走廊上時，立刻愣在原地。菊田也一樣。

菊田家的三個女兒站在那裡。三個女兒一起站在聲請人休息室門口，正看著這裡。六隻眼睛沒有一絲情感，那完全不是看父親的眼神。

菊田逃也似地衝下樓梯。

好美從三個女兒身後探出頭，雪江正好和她對上眼。雪江對好美點了一下頭，轉身回到調解室。

那就是好美的真面目。

今天是平日，好美特地讓三個女兒向學校和幼兒園請假，帶她們來這裡，就是為了讓她們完成剛才那件事——

好美走進調解室，老實溫順地在椅子上坐下。雪江注視著她的臉。蛇蠍女子。她平時一定在女兒面前說她們父親的壞話——那種男人，沒資格做妳們的父親，諸如此類的。時澤糸子養育好美，而那樣長大的好美，正在養育她的三個女兒……雪江越想越感到戰慄。

雪江用指甲掐著膝蓋，開口。

「似乎並不是完全沒有協商空間。」

好美立刻面露喜色，幾乎是「啪」地明亮起來。

「真的嗎？」

雪江立刻打了一劑預防針。

「但恐怕不會很順利。」

「呃……」

「妳剛才說的所有內容都很含糊，我不認為妳先生有什麼重大的疏失。妳手上並沒有他出軌的證據吧？」

「是、是沒有啦，可是……」

「而且，既然要離婚，有很多事情需要決定。財產分配、贍養費、扶養費、親權和監護養育，還有探視權——我認為需要半年到一年的時間好好協商。」

「一年！」好美不假思索，反應很大。「別開玩笑，我可等不了那麼久。」

「是對方等不了那麼久，對吧？」

好美倏地瞪大雙眼，雙頰漲紅。

「關根太太——」

綿貫試圖插話，但雪江沒理會，逕自說道：

「在此提醒妳，請務必留意。假設在調解過程中發現妳出軌，協商可能會陷入僵局，到時候會花費更多時間。」

「那我就聲請法院判決！」好美尖聲說道，然後懇求地望著綿貫。「拜託了，請直接進入訴訟階段。」

「真是太可惜了，」雪江強硬而冰冷地拉回好美的注意力，「離婚案件有調解前置主義的規定，要先確定調解不成立之後，才能夠進入訴訟程序。」

好美雙目圓睜。

「開什麼玩笑！我才不要在這種蠢事上耗一年！」

雪江用卷宗邊角敲著桌子，站了起來。

「不是有玫瑰色的人生在等著妳嗎？這麼點芝麻小事，妳就忍耐一下！」

5

在法院附近買完菜，回到家時，已經快一點了。房夫一如往常等著她回家，連一杯茶也不肯自己喝。

「馬上就好。」

雪江把盒裝的壽司裝在盤子裡，俐落地煮湯，回到客廳。

「今天奢侈一下。」

房夫沒有問她理由，面無表情地伸手拿起壽司，連醬油都不蘸，就一個接一個送進嘴裡。

雪江並沒有原諒他的軟弱。

他以前在學校時，似乎努力扮演「熱心的老師」。房夫生病前一年，他送走了六年級的畢業生，隨後他接任二年級的班導師。班上有幾個特別調皮搗蛋的學生，導致他帶的班級變成了現在所說的「班級秩序解體」、「班級失控」狀態。他無法順利教學，也沒辦法好好進行生活指導，還得承受校長的斥責，以及學生家長的抗議，狀況疊加後，他的身體出了問題。

自律神經失調。雪江無法忘記當醫生說出這個疾病名稱時，房夫那時的表情看起來像是「鬆了一口氣」。他似乎安心了，終於得到一個像樣的病名——這意味著如此一來，他就不必再去學校，可以逃離那間教室了。房夫在那個瞬間，應該是這麼想的。

而那個令他安心的瞬間決定了之後的一切。房夫一方面沒有試圖振作、對抗疾病，一方面又沒有厚著臉皮、乾脆把病痛當成盾牌的無賴精神。他選擇把醫生診斷的病名當藉口，將自己泡在自我憐憫的甜膩培養液中，無所事事地浪費自己的人生。雪江痛恨婆婆，為什麼養出這麼軟弱的兒子？難道沒有告訴他，軟弱有時候是一種罪過嗎？

這麼點芝麻小事——

雪江曾經當面對房夫這麼說過。那是房夫被診斷出身心症不久之前的事。由於她很瞭解房夫隨波逐流，不思進取的性格，因此並不認為他的狀況屬於心理問題。就算丈夫真的生病了，雪江仍認為一定可以把他拉回正常軌道。無論丈夫是否真的生病，雪江都一直相信，在他心中必然潛藏著一份身為壯年男性卻無法工作的掙扎。然而，這份掙扎的「真相」究竟為何，卻是直到房夫過了六十歲，雪江才終於看清。當時，他昔日的同事一個個迎來退休，已經到了就算他不工作也沒人會責備的年紀。而當房夫察覺到終於等來這個人生階段時，他的病況竟驚人地好轉了。

雪江將目光投向庭院。

如果沒有婆婆留下的這棟房子和遺產，很難想像現在會過著什麼樣的生活。

雪江注視著丈夫的側臉。

他默默吃著壽司。

自己一路都守護了他，沒有讓外人知道他生病的事，而且把兩個女兒養育成人。

雪江自己也很幸運，在這個年紀還能找到工作。以前當圖書管理員時認識的退休法官寫了推薦信，她才能參加調解委員的考試。調解委員的薪水加上年金，至少可以保證生活無虞。她終於相信，這輩子的生活應該都不會有問題了。

時澤母女的身影閃過腦海。

租來的小房子……亂成一團的離婚調解……

「老公，你聽我說——」

她的聲音帶著興奮。

「今天在法院，碰巧遇到了以前認識的人。」

「嗯。」

「她以前很漂亮，身材很好，很時髦呢。」

「嗯。」

「但是，她那時候衣服和化妝都過於花俏了，生活方式也很鋪張，像是開的車子，還是美容院什麼的。」

「嗯。」

「但是世事難料，今天遇到她時，我大吃一驚。那個人啊，實在是老太多了。」

「嗯。」

「而且她的女兒來法院調解離婚喔。都已經有三個孩子了，還想要離婚，好像是外面有男人了吧，真是讓人傻眼到極點。」

「嗯。」

「所以說啊，無論育兒還是生活，都必須好好用心才行呢。」

房夫最後「嗯」了一聲之後站起來，他往沙發一躺，用遙控器打開電視。

雪江尷尬地喝著茶。

電話映入眼簾。她很好奇，不知道奈津子聽了今天的事，會有什麼反應。

家事法庭是「Silent Bureau」。在獲聘成為調解委員時，家事法庭的庭長使用這個字眼，意思就是「沉默的公家單位」。和原則上公開審理的地方法院不同，家事法庭所有的案子都涉及個人隱私，旨在告誡眾人，必須遵守保密義務。

雪江站起身，把餐具放在托盤上走去廚房。就在這時，電話響了。

她心中一緊。退休家庭大白天接到電話，不是可疑的推銷，就是兩個女兒打來的。
「你好，這裡是關根家。」
『啊，媽媽，妳已經回到家了嗎？』
是奈津子。
雪江長長地吐出一口氣。
『怎麼了嗎？』
「嚇了我一跳，我還在想要不要打電話給妳呢。」
『什麼？』
「啊？」
『妳說想打電話給我有什麼事？』
「啊，沒事，不是什麼重要的事。」
『幹嘛，真讓人不舒服，有話就說啊。』
想說的話已經擠到喉頭。她想，這都是過去的事了，奈津子也許會一笑置之，把當年的「秘密」說出來。就算不行，當時母女倆也確實都痛苦到了極點。如今，那起事件的罪魁禍首菊田好美正遭遇不幸，她覺得，這件事還是應該要和奈津子分享。
雪江低聲問：

「妳還記得一個姓菊田的女生嗎？」

奈津子沒有吭氣。

雪江連忙更正。

「對不起，我說錯了，是姓時澤。以前和妳同一所學校的同學，叫時澤好美。」

奈津子在電話彼端仍然沉默不語。

「妳忘記了嗎？就是妳高中的時候——」

『媽媽！』

話語被一道強硬的聲音打斷了。

『——毀掉女兒的幸福很好玩嗎？』

雪江懷疑起自己的耳朵。

『我不是叫妳不要多管閒事嗎！如果妳多管閒事，我真的會死給妳看！』

雪江握著電話，僵在當場。

她忽然意識到，這件事從來沒有過去——

奈津子的聲音，是和高中時代一模一樣的悲痛尖叫。

6

初夏——玄關的花換成彩色海芋。

第二次調解日的早上，雪江的生活節奏嚴重紊亂。她忘了倒垃圾，而且在無意識中做了日式早餐，而不是吐司。出門後沒有趕上平時搭的那班公車，慌亂地走進調解室時，離十點只剩下五分鐘了。

時隔一個月再次見面，菊田好美看起來卻異常地氣定神閒。

最好不要再和這個女人扯上任何關係——早上的混亂讓雪江產生這樣的預感，或者形成類似的預感，但她不可能臨陣脫逃。當初自己決定要接這個離婚調解案。她很後悔，早知道那天換成其他調解委員，自己就可以全身而退——

「上次調解之後，有什麼變化嗎？」

雪江問。好美深深地點點頭。

「他打電話給我，說如果條件談妥，可以同意離婚。」

「這樣啊。」

她們四目相對。經過上次那番交鋒，兩人都能從彼此的眼中，看出對方內心的疙瘖。

好美開口。

「我上次說，贍養費少也沒關係，現在我改變主意了。」

她一發現離婚有望，馬上決定能撈則撈。也許是她背後的男人唆使的。

「另外，我聽說即使進入調解階段，仍然可以協議離婚，這是真的嗎？」

「可以啊。」

「那就這麼辦，我不想在戶籍資料上留下調解離婚的紀錄。」

「妳該適可而止了吧！」綿貫氣勢洶洶地插話，「比起這種事，妳身為一個母親，不是首先應該考慮三個女兒嗎？」

綿貫去複檢之後，發現「沒有異狀」。他剛才在書記官室宣告自己「狀態極佳」，然後才走進調解室。

雪江轉頭看向綿貫，用眼神對他表示「交給我就好」，然後又轉回去看著好美。

「我明白了，那我們就按部就班進行。」

「我討厭拖拖拉拉。」

雪江微微歪著頭，有些不解。既然已經朝離婚的方向進行了，照理說，沒必要這麼著急。

「我上次提過，妳先生並沒有明顯的過失，雖然妳是聲請人，但並不代表妳的立場比較有利。」

「我知道，所以我帶證據來了。」

「啊？」

好美像是要窺視雪江的雙眼深處般，凝視著她。

「上次不是說，要我帶他出軌的證據嗎？」

「我沒有這麼說。」

「妳有說，說了類似的話。於是我去查過，他現在有交往中的女人。」

雪江大為吃驚。難道好美僱用偵探去調查嗎？

「好的，那請妳說明。」

好美用眼神表示要開始了。

「……對方今年二十九歲，以前曾經和我老公交往過，最近他們又重逢，死情復燃了。」

「妳是說死灰復燃吧。」

「沒錯，就是那個。」

「證據呢？」

「……」

「不是取得證據了嗎？」

好美露出勝券在握的挑釁笑容。

「有啊。」

「那就請拿出來。」

「就在我眼前。」

雪江看向好美的手邊。她的雙手空空如也。

「什麼意思？」

雪江語氣轉為嚴厲，好美直直凝視著雪江。

「——證據在妳手上。」

「喂！」

綿貫探出身體，雪江伸手擋下他，但她的手已微微顫抖。

早上的那些預感，預兆——

漫長的死寂持續許久。

雪江下定決心後，開口。

「請妳說清楚。」

好美雙唇翕動。

「就如我之前所說，我從國中時就和我先生交往了，之後又讀同一所高中，關係當然就越來越深入，會有接吻、愛撫之類的親密接觸。他很想跟我上床，但我家教很嚴，遲遲不敢跨出那一步。就在那時，那個女生出現了——她是棒球隊的經理，主動勾引他，很快就跟他睡了。」

「妳胡說！」

雪江霍地站起。好美的視線隨之往上。

她的眼神和那天一樣！就是在超市看到的、滿是挑釁的眼神——

「我沒有說謊，那個女生想從我手上搶走他——是不是很賤？她用跟妓女沒兩樣的手段來勾引他。」

「閉嘴！」

「但是，人真的不能做壞事。那個女生懷孕了，我先生只好把他所有的錢都給了那個女生，然後那女生不知道去哪裡墮了胎，之後就沒再來學校。真是活該，大快人心。」

雪江的巴掌揮了過去——

但好美把頭轉到一旁，雪江的手只擦過她的臉頰與耳垂，揮了個空。

好美從椅子上跳起來，一步步朝向門口倒退。

「我不調解了，反正我先生也說了，他可以協議離婚。」

7

下午的咖啡店內瀰漫著慵懶的空氣。

自己有多少年沒有走進咖啡店了？雪江怔怔地望著窗外熙來攘往的景象。

從她揮手甩好美巴掌至今，已經兩個月了——

不知道是否被雪江當時的氣勢懾服，或是基於某種體諒，搭檔綿貫絕口不提此事，守住「沉默的公家單位」的保密鐵則。在狹小調解室內發生的事，並沒有傳出那個房間。

菊田好美說的話中，只有一個謊言——奈津子和菊田寬治的關係並沒有死灰復燃。雪江事後才知道，那是好美的計謀。將陳年往事和「無法不面對的現在」結合，讓雪江避無可避，不得不和奈津子面對面談談。

奈津子哭著說出了所有的事，從女兒的秘密變成母女兩人的秘密。從今往後，她們母女將一直守著這個秘密，不被奈津子的牙醫丈夫發現。

但是……

雪江的思緒回到過去，不由得沉重起來。

她沒有發現女兒懷孕。

也沒有發現她墮胎。

當時因為丈夫生病而疲於奔命，在奈津子拒學之前，她從來不曾擔心兩個女兒。

她一直以為自己把兩個女兒照顧得很好。

雪江將目光投向店門口。

菊田好美正走進咖啡店。

好美在雪江對面的座位坐下來，和之前在調解室時一樣。

「不好意思，把妳約出來。」

「不會。」

兩人冰冷的聲音交錯。

好美看著窗外。

「我不能坐太久，我媽媽和女兒在對面的書店等我。」

「三分鐘就好。」

雪江從皮包裡拿出一個牛皮信封。

「啊啊，我都說不用了。」

「那怎麼行？還是要還給妳。」

雪江把牛皮信封推到好美面前，裡面有三萬圓。

奈津子撲滿裡的錢和菊田寬治給她的錢還不夠，好美幫忙出了墮胎的費用。好美當時應該是因為一心想搶回男友，才會這麼做。

「菊田太太——」

「啊，我已經改回『時澤』了。」

「這麼快？」

「是的，事情進行得很順利。」

好美點的咖啡送來了，約定的三分鐘已經過了。

但是……

雪江無論如何都還有一件事搞不懂。

「時澤小姐。」

「什麼事？」

好美將剛湊到嘴邊的咖啡杯放回桌上。

雪江壓低聲音。

「我不會再和妳見面，也不想再見到妳。」

「我也一樣。」

「那麼最後，請告訴我——妳怎麼知道我是她的母親？」

「喔喔，」好美笑了起來，「有一次，我曾經當面質問她，問她前一天是不是和我男友去了摩鐵，結果她竟然對我說——這麼點芝麻小事，別大驚小怪。」

雪江仰頭看向天花板。

「高中生不會說這種話吧？所以這句話讓我印象非常深刻。在調解時聽到妳說出一模一樣的話，我大吃一驚，因此想起了妳。以前曾經看過好幾次妳和妳女兒在一起。」

她們各自付了飲料錢，走出店家。

她們沒有道別，眼神沒有交會，朝著不同方向走去。

雪江在花店前停下腳步。

花店門口的鮮花吸引她的目光。

這個季節的花太美了，讓她感動不已。花瓣的色彩彼此暈染重疊，她明明沒有理由哭泣，但一行、兩行淚水順著她的臉頰滑落。

當她回過神時，發現有人影從她身旁經過。是好美……她帶著三個手上拿著書的女兒……還有穿著樸素襯衫的時澤糸子……

雪江不再感受到當時的風壓。

她們的背影很平靜，沒有勝利，沒有落敗，什麼都沒有。

雪江悄悄拭去眼淚。

她將視線移回店門口的鮮花上。

那是晶瑩剔透的白花。

她忽然想插一枝那樣的石竹。

她決定了，要選一枝形態最優美的，挺拔地插在玻璃花瓶中。

凌晨五點的入侵者

1

黑暗中，他看向枕邊的座鐘。

青白色完美的「L」浮現在黑暗中。現在是凌晨三點。

隔壁那床被子中，傳來妻子均勻的鼻息聲。

立原義之坐起身。他每天都在固定的時間醒來。雖然妻子不相信，但是他年輕時因為送報養成的習慣，在四十歲過後的現在，仍然留在生理時鐘中。他從小學四年級到高中畢業為止，每天都送早報，無論下雨、下雪，甚至是狂風暴雨的日子，都從不間斷。

他緩緩躺回被子裡。

你很努力……自從他當上警察之後，就養成沉浸在回籠覺的幸福之際稱讚自己的習慣。這種稱讚會帶來正向思考，進而帶來正向言行，發揮想像訓練的效果。他從來不覺得警察工作辛苦，無論在派出所還是轄區警署，他都孜孜矻矻，埋頭苦幹。最後他被拔擢進入總部的管理部門，在同期中第三個升上警部。他在昏昏沉沉中繼續稱讚自己。了不起，繼續努力，你一定能夠更上一層樓……

自從半年前架設『S縣警官方網站』後，五點起床成為他的新習慣。在警務部長的大力促成下編列預算，隸屬於情報管理課的立原被任命為負責人。立原之前就認為，警察遲早會被攤在網路社會的目光下，任由大眾檢視，從警界還沒有引進電腦的時候開始，就開始自學電腦相關知識，最後終於受到賞識。

立原悄悄鑽出被子，以免驚動妻子。他將水龍頭擰開一點點，只用少量水洗完臉，躡手躡腳走去客廳，坐在桌旁的椅子上。他面對桌上的筆電時，明明已經擦乾的手，又在睡衣靠腹部的位置擦了一遍。這台筆電是縣警的公物，雖然已經用得十分順手，彷彿是自己身體的一部分，但每天早上的這個瞬間，仍然會覺得這台價值二十萬左右的電腦是自己高攀不上的奢侈品。妻子常笑他，即便到了現在，他每次買東西時，只要拿出一萬圓紙鈔，胸口仍會掠過一絲微弱的罪惡感。換算成時薪，大約是幾百圓？以送報時代的金錢觀作為衡量標準的習慣，恐怕到五、六十歲，都不會改變。

——那就開始工作吧。

立原搓著雙手，再次確認手擦乾之後，打開電源開機。

他確認電子郵件。總共有十三封未讀郵件，其中五封是工作上的聯絡，並沒有緊急的事。直屬下屬谷澤股長傳來的郵件一如往常的簡潔。

『昨天的訪客人數為九十二人，沒有異狀。』

谷澤每天晚上十二點進入縣警的官網，確認「訪客人數」和留言內容後向立原報告，這已經成為他每天上床睡覺前的工作。他經常對立原說：「託你的福，現在都不會在外面亂喝酒了。」立原完全不知道他是在抱怨，還是想表達感謝。

——九十二個訪客。

立原把雙臂抱在胸前。

來自一般民眾的瀏覽量正不斷下滑。網站剛成立時，一天經常超過四百名訪客，之後就逐漸下降，這兩個月更是持續萎縮的狀態。顯然沒有培養起忠實閱讀者，民眾雖然因為好奇點進網站，但下次就不會再來「玩」了。這意味著警方想要傳達的內容，和民眾想知道的內容中間有落差。

——那就來看看大家的意見。

立原打開民眾寄來的電子郵件。官網最底下有設置『意見信箱』，任何人都能夠表達意見，可以藉此瞭解社會大眾的反應，但是每次打開『意見信箱』時，都不由得緊張。因為收到的郵件並不一定是針對官網發表想法，還可能是對縣警的不滿和批評，或是投訴員警的不良行為或是醜聞。萬一收到這種內容，就必須立刻聯絡各相關部門。谷澤在半夜十二點確認之後，到目前凌晨為止，是否有人寄來奇怪的電子郵件——這就是立原每天凌晨五點起床，打開電腦的原因。

『防範犯罪問答的內容通俗易懂，很不錯。』
『太無聊了，法院的官網還比較有意思。』
『鑑識工作的內容請再寫詳細一點。希望可以有科學搜查研究所的相關內容。』
『內容太嚴肅，無聊死了，要不要報導一下第一線員警？』
『關於防止盜賊撬鎖的介紹很有幫助。不過真令人震驚，沒想到縣內竟有這麼多闖空門的案件！』
立原忍不住鬆了一口氣。
這代表網站的內容差強人意。雖然還是會看到「嚴肅」、「無聊」之類的字眼，但是「通俗易懂，很不錯」、「很有幫助」之類的留言，還是讓他振奮了起來。
立原闔上筆電，走去廚房。他燒了開水。這是他的幸福時光。看著淡淡油墨香氣的早報時喝的咖啡味道特別好。但是，當燒水壺噴出蒸氣時，仍然沒有聽到門外機車的聲音。五點二十分。照理說，早報應該送來了。
啊。他想到一件事，看向月曆。十月十五日。今天是報紙休刊日。不，正確地說，昨天十四日才是休刊日，報社這一天不製作報紙，所以隔天沒有早報。
立原咂著嘴。
對於每天期待著早報的人而言，當發現是休刊日，那股失落感非同小可。那是一種期待落空的茫然，節奏步調就這麼被打亂的不悅感受，甚至有種被擺了一道的感覺。

立原以前送報的時代，報社每年只有元旦、兒童節和秋分這三天休刊，沒想到現在每個月都有一天休刊日。看報樂趣被剝奪所帶來的氣憤，和當時渴望休假的心情交織在一起，同時又想起當年被要求用剛領到的打工薪資去買酒，以及被甩了巴掌的疼痛——立原馬上停止負面思考。

——以前的事都過去了。

立原拿著咖啡杯走回客廳。

他對現況很滿意。手上有足夠的金錢可以支應生活，住在三房一廳的警察宿舍。妻子個性開朗，兩個女兒到了嬌蠻淘氣的年紀，工作很適合自己，警階超乎自己的預期。無論水、電和瓦斯都不曾因為欠費而被停掉。家裡有電視，也有冷氣、電話和汽車，然後能夠在這個平靜的時間喝一杯咖啡。當時所沒有的一切，如今都已經到手。而且，父親死了，再也不會出現在他面前——

立原重新打開電腦。

他決定換個角度想，就當作是報社送了他一段構思點子的時間吧。他打算來想想如何提升網站的形象。其實之前曾經下了很多工夫，多次改進，但是從來沒有收到讀者覺得「很有趣」的評價。雖然凡事以無事為貴的安井課長認為這樣已經很好，但是立原認為，只要多動動腦筋，一定可以在不影響警察體面的情況下，讓讀者覺得很有趣。

立原移動滑鼠，點開縣警的官網。還沒有進入網站，他的腦海中就已經浮現了S縣警總部大樓屹立在藍天下的照片。首頁的這張照片，是不是就已經讓讀者覺得「死板」和「落伍」？

思緒戛然而止——

他眨眨眼睛。

他並沒有看到熟悉的總部大樓照片。螢幕一片漆黑，上面有紅色的字。四行外文一眼就看出不是英文。

是法文嗎？

顯然上錯網站。立原苦笑，確認螢幕上方的網址。笑意隨即消失。網址沒錯，他點擊了重新載入頁面的按鍵，他察覺到手指有些僵硬。

螢幕上的畫面立刻消失，然後又重新出現了。

還是和剛才一樣。漆黑的畫面，紅色的外文。

網路恐怖攻擊——腦海中浮現的這幾個不吉利的文字，讓他忍不住全身發抖。

「開什麼玩笑……」

他全神貫注地用鍵盤重新輸入了網址，帶著祈禱的心情重新進入頁面。

結果還是沒有改變。螢幕上那畫面讓人聯想到漆黑的闇夜，而橫書的紅色文字看起來與鮮血無異。

立原不得不承認，網站被那些在網路上搞破壞的「黑帽駭客」入侵，網頁被竄改了——

立原發出低吼。就像當年沒酒喝的父親一樣，他齜牙咧嘴，發出野獸般的嘶吼。

2

十分鐘後，他已經開著車子直奔縣警總部。大腦試圖同時思考著五、六件事，正發出痛苦的悲鳴。

「首先——」

立原像是要喝斥自己慌亂的內心般，奮力地大聲開口。

到底是誰幹的？有什麼目的？那幾行字到底是哪一國的文字？又是什麼內容？

不對。現階段不可能查清楚這些事，思考那些只是浪費時間。現在該做的事是——

要聯絡上司嗎？柳瀨警務部長、安井課長，同時得讓下屬谷澤瞭解目前的情況。

不，不對。這也不是當務之急。

首先必須先解決網站畫面的問題。此時此刻，S縣警的官網遭到恐怖攻擊的畫面，仍然曝露在網路上，一旦被民眾看到，一定會引起軒然大波，媒體會蜂擁而至，縣警就會顏面掃地，一旦發展到必須追究責任的嚴重狀況，那就——

所有的汗腺都噴出冷汗。

立原用力握著方向盤。

要刪除那個畫面！必須趕快刪除那個羞辱、踐踏縣警的畫面。

關掉伺服器的電源——立原在內心得出這個結論後，隨即加快車速。他知道前方路段的人行道上有一個電話亭。只不過，卻在路口遇到紅燈，他心急如焚，焦躁難安，號誌一變成綠燈，他就踩下油門衝了出去；然而，記憶中的電話亭不見了，消失得無影無蹤。他急忙駛向下一個電話亭。立原懊惱地咬緊了牙，他一直不願意使用手機，卻偏偏在這個節骨眼上造成了大麻煩。

他用力打開老舊電話亭的門衝進去，打開記事本，首先打去柳瀨部長的宿舍。事後再報告還是不妥，必須先向上司申請許可，才能關掉伺服器的電源。

柳瀨似乎已經起床了。

『怎麼了？』

「網站首頁似乎被人惡搞了。」

惡搞。他脫口說出的這兩個字，充滿了自保的味道。

『怎麼回事？』

「我會晚一點再報告詳細的情況，希望部長同意我切斷伺服器的電源。」

『伺服器？』

立原在內心咂著嘴。當初是柳瀨提出要架設網站，但並不代表柳瀨懂電腦。

「就是架設縣警官網的電腦主機，這個伺服器負責處理包括民眾瀏覽網站在內的網站所有的作業。」

立原籠統地向柳瀨這個外行人說明，努力想要說服他。一聽到柳瀨同意切斷電源，他立刻掛上電話，另一隻手急忙翻著記事本，然後撥打電話到仲川幹夫住家。他是S縣政府總務部資訊系統課的技術官員，正是當初協助縣警架設網站的資深技術人員。

仲川的太太接起電話，立原握著電話等了一會兒。

『我是仲川，發生什麼事了？』

仲川的聲音聽起來似乎還沒睡醒。

「不好意思，一大早打擾你。縣警的官網被黑帽駭客攻擊了。」

『啊？』

「網路恐怖攻擊，被換成亂七八糟的內容！」

立原越說越激動，仲川的聲音聽起來已經完全清醒。

『你不要激動，你是說，駭客侵入伺服器嗎？』

「對，必須趕快讓伺服器斷網。」

『我知道了，我馬上就出門，我們在調整室會合。』

這是最快的方法。縣警的伺服器借用了縣政府的系統調整室。

「拜託了。啊，仲川先生，還有……」

『什麼事？』

「有沒有辦法，暫時將我們的官網移到縣政府的伺服器上？」

立原不由得貪心起來。

只要切斷縣警伺服器的電源，就不必擔心民眾會看到那個畫面，但是瀏覽縣警官網的民眾會看到頁面顯示「無法顯示此網頁」，一定會覺得奇怪。一旦無法連上縣警的官網，就會引發各種臆測，媒體很快就會知道。

但是——如果暫時掛在縣政府的伺服器上，和之前一樣，使用相同的網址，仍然可以瀏覽縣警首頁，沒有人會發現縣警網站被黑帽駭客入侵，就好像什麼事都沒有發生。

立原用懇求的語氣說：

「可以請你幫這個忙嗎？應該不至於太困難吧？」

『只要更改DNS，馬上就可以解決……』

仲川含糊其辭。

仲川還不知道黑帽駭客使用的手法，不敢輕易答應。若是使用電腦病毒攻擊，可能導致縣政府的伺服器受到感染。

『這件事等我們見面再說，不過既然被駭客入侵，目前伺服器中的資料就無法使用，你有最新版的備份資料嗎？』

「我們每天都有備份。」

『那就請你一起帶來。』

「好，感激不盡。」

雖然仲川沒有答應，但立原向他道謝後，立刻衝出電話亭。

凌晨五點五十七分。他覺得手錶上的指針就像是銳利的刀刃。

——到底是誰幹的？

他像呻吟般喃唸後，用力踩下油門。

3

立原先前往縣警總部大樓，拿到官網的備份資料，接著立刻跑向隔壁的縣府大樓。他搭電梯來到六樓，衝進資訊系統課的系統調整室，然後用力推開後方小房間的門。

小房間內有五台直立式電腦主機，最右側那一台就是縣警的伺服器。

仲川已經來了，他半蹲在縣政府的伺服器前。他一定在檢查縣政府的伺服器是否同樣受到了攻擊。

他轉過頭，立原才發現他還來不及整理剛睡醒的一頭亂髮。

「那我就切斷電源了。」

「請立刻執行。」

仲川把手伸向縣警伺服器的背面，拔掉區域網路線，這就等於切斷電源；縣警網站的伺服器已經斷網，任何人都無法從外部進入。立原看向時鐘。六點十二分。這是那個可惡畫面的死亡時間。

但是，他沒有時間喘息。伺服器斷網就意味著S縣警的官網目前處於封閉狀態。

「仲川先生，剛才拜託你的事可行嗎？是否能夠借用縣政府的伺服器復原——」

「好，我立刻進行。」

仲川爽快答應了。

八成是立原抵達之前，仲川就已經確認過，沒有病毒感染的危險。不，縣政府有四台伺服器，仲川可能和上司討論後，決定讓其中一台重要性較低的伺服器來承擔風險吧。再說，縣政府和縣警都是縣知事領導下的組織，像兄弟一樣，當陷入困境的縣警提出這樣的要求，縣政府無法冷酷地拒絕。

「麻煩你了。」

立原拿出備份資料交給仲川後，鞠躬說道。必須分秒必爭，因此所有的作業都交給熟練的仲川進行。

仲川走向縣政府的一台伺服器。

「先建立縣警用的資料目錄，將備份資料放入後，修改DNS設定檔，將縣警網站的網域名稱導向這個伺服器——」

仲川的動作很迅速。

「好了，這樣就OK了，現在就可以看到官網了。」

六點二十五分。在十三分鐘的空白後，S縣警官網再次回到網路世界。

第一階段的處理已經完成。接下來——

必須確認黑帽駭客的入侵時間，以及有多少人看到那個畫面。必須趕快調查這兩件事。

立原提出要求後，仲川來到縣警的伺服器前，開始敲打鍵盤，調出了檔案目錄。螢幕上出現一整排日期和時間的數字。

「立原先生，最後一次更新網站內容是什麼時候？」

「昨天傍晚六點上傳了交通事故的件數，之後就沒再更新。」

「既然這樣……」

仲川指向一個數字。

「應該就是這個，今天凌晨五點整，有竄改資料的紀錄。」

凌晨五點整——

他的腦海中浮現今天早上在宿舍的景象——

那就是在立原走進客廳，打開官網的前一刻，黑帽駭客入侵縣警的官網。除了驚訝以外，立原彷彿看到一線光明。凌晨五點遭到入侵，在一個小時二十分鐘後，他們拔掉了區域網路線——

立原急切地問：

「仲川先生，網頁被竄改之後，有多少人連線進來過？」

「呃，等一下。除了你以外……二……三……四個人。」

——只有四個人嗎？

立原忍不住在胸前緊緊握拳。

這也許該說是不幸中的大幸。諷刺的是，這次反而要慶幸，好在縣警官網沒什麼人氣，而且，黑帽駭客是在「訪客」比較少的凌晨時間入侵，算是運氣好；最重要的是，自己及時發現，立刻進行處理。

只有四個人。既然這樣，消息傳出去的可能性很低。不，既然只有這幾個人，代表有可能封鎖消息——

立原又急忙問：

「這四個人是從哪裡連上的？」

「有三個人是從M-Net的桐原基地台……」

太好了。立原心想。『M-Net』是在本縣設點的網路業者。

「剩下的一個人使用的是大型網路業者R-Net，是從栗川的基地台連上官網。」

「聯絡網路業者的話，能查到是誰登入的嗎？」

「嗯，時間沒過多久，應該還能查到紀錄。」

仲川突然抬起頭看著立原，看他的表情，似乎明白了立原為何會這麼問。

「M和R都有我的朋友，我來向他們打聽一下。」

仲川待人很親切，但鏡片後的目光卻有股懾人的魄力。那是一雙深知「縣政府」這個擁有龐大許可權的組織，在面對某些企業或個人時，能行使比警察更強大公權力的眼睛。

「那真是幫大忙了。」

立原鞠躬道謝時，又想到了下一個問題。

「仲川先生，你有辦法查到歹徒的入侵手法和連線路徑嗎？」

「這就有點……」仲川輕輕笑了笑，「這就只能委請資安廠商的駭客防護團隊調查了。」

立原聽到意料之中的回答，點點頭，然後又繼續思考著。

現階段其他該做的事——

仲川叫出了那個漆黑的畫面，他因此看向縣警的伺服器。

「立原先生，這是法文吧？我完全看不懂在寫什麼。」

沒錯，現在必須回到問題的起點。

必須趕快把這幾行紅色外文字翻譯出來。只要搞清楚這幾句話的內容，就可以知道犯罪的意圖，搞不好可以順藤摸瓜，發現找到歹徒的線索。

立原再次看向那幾行紅色的外文。

J'ai aimé la vérité… Oú est-elle?…
Partout hypocrisie ou du moins
charlatanisme, même chez les plus
vertueux, même chez les plus grands;

看起來像是有意義的文章，是想要對社會傳達什麼訊息？還是包含政治意涵？或是針對S縣警進行攻擊？

誹謗中傷……挑釁……威脅……

新的恐懼爬上背脊。

這段文字到底在寫什麼？

立原覺得似乎在電腦螢幕後方，看到深不見底的惡意和憎恨的黑色漩渦，打了一個寒顫。

4

清晨六點四十五分。縣警總部大樓三樓，警務部資訊管理課——

立原正坐在自己那塊標示著「課長助理」職位名牌的桌前。他剛向警務部長柳瀨與課長安井報告完畢。

柳瀨一接到電話時，就暴跳如雷，大發雷霆。這只是惡作劇嗎！——在接到立原從公用電話的報告後，柳瀨立刻打開宿舍的電腦，看到了切換伺服器之前的官網。

立原向安井報告，雖然官網遭到惡作劇，但已經及時處理完畢。只不過安井仍然極度不安，連續問了好幾個問題，他現在應該已經走出宿舍，正在趕往這裡的路上。

立原也打給谷澤股長，告訴他網站被黑帽駭客入侵，要求他立刻去縣政府找仲川。谷澤可能被嚇到了，很長時間都說不出話。

身後的電腦桌傳來印表機刺耳的聲音。他使用剛才從縣警伺服器上複製的原始碼檔案，正在列印那個漆黑的畫面。

他瞥了一眼列印出來的紅色外文，再次拿起電話。他致電給刑事企劃課的赤松雅樹，那是和他同期進入警界的同事。

赤松似乎還在睡覺。

『立原……？喔，真是難得啊，這麼一大早打電話給我，有什麼事嗎？』

「我想問你一件事，刑事部約聘的翻譯人員中，有沒有法文翻譯？」

他從縣政府回這裡的路上思考過這件事。起初想到大學教授和餐廳的主廚之類的人選，但隨後又改變主意。因為網站上的內容很可能對縣警充滿惡意，若是委外翻譯，似乎不太妥當。只不過如果是英文，或許還比較簡單，不知縣警內部有沒有人會法文？他左思右想之後，想起不久之前，曾經在報紙上看到刑事部招募翻譯人員。如果是警方約聘的譯者，應該知道必須保守秘密。比方在偵訊外國罪犯時，在一旁擔任翻譯的人員都必須立約保證，不可對外透露偵訊室內的談話。

『這件事不是我負責，我幫你打聽一下。』赤松說完這句話，掛上電話。立原心急如焚，但赤松不到十分鐘就回電了。

『找到了。聽說在縣內很難找到法文或是西班牙文的翻譯，幸好在募集截止日期之前，有一個法文翻譯來應徵。他可是很優秀的高材生，從T大法文系畢業之後，又去另一所大學讀了生物科技，今年春天之前，都在日本種苗工作，就是在世界各地都有研究所和辦事處的日本種苗。』

「我知道了——」立原打斷赤松，「請把他的名字和聯絡方式告訴我。」

『負責的窗口把他的經歷傳真給我了，要不要傳真給你？』

要委託他翻譯的是極機密的資料，當然希望瞭解他的經歷。

「麻煩你了。」

『傳到你宿舍吧？』

「不，我在辦公室。」

『辦公室？這麼早啊。』

「赤松，不好意思，我在趕時間。」

『好，我知道了，但是到底發生了什麼事？和法文有什麼關係？』

「不……只是想請他翻譯一些東西。」

『是喔，資訊管理課的人果然不一樣。』

丟下那句不算傷人的奚落後，赤松終於掛上電話。

立原瞥了一眼牆上的時鐘，已經過了七點。他彷彿隨時都會看到課長辦公室的門被撞開，柳瀨和安井兩人臉色鐵青地衝進來。

傳真機開始列印，立原覺得比平時更加緩慢。公文紙的最上方印著「S縣警察法文譯者（八月二十九日約聘）」，接著看到姓名和經歷。衛藤久志，三十四歲，T大文學院法文系畢業，U大工學院生物工程系畢業，曾任職「日本種苗」，在歐美各地工作的經驗豐富，目前是英文補習班的講師——

在這座小城市，應該找不到可以發揮法文專長的工作吧。當傳真機吐出位在市區的住址和電話號碼時，立原立刻把桌上的電話拉到自己面前。

鈴聲響了五次後對方接起。

『喂，我是衛藤。』

電話中傳來很有氣質的聲音。

「不好意思，一大早打電話給你。我是縣警總部的立原。」

立原確認接起電話的就是衛藤本人後，立刻說明打電話的目的。

「我想請你翻譯一段法文的內容。」

『翻譯？』

「是的，不瞞你說，我甚至不知道那是不是法文。總之，是只有四行的簡短內容，你家有傳真機嗎？」

『有，和電話同一個號碼。』

「我馬上傳過去，你看完之後，請回電給我。這裡的電話是——」

立原不理會對方還帶著困惑，立刻掛上電話，把剛才列印出來的畫面傳真過去。

不一會兒，辦公桌上的電話就響了。

『不好意思……我看不出來。』

「看不出來？所以不是法文嗎？」

『不，我不是這個意思，那份資料上的字都糊成一團，很難辨識。」

立原這才發現自己太粗心了。用黑白傳真機傳黑底紅字的內容，對方當然很難辨識。

「那我直接——」

聽到腳步聲，立原轉頭看向門口。面紅耳赤的柳瀨和臉色發白的安井一起走進來，立原原本希望在上司進辦公室之前能搞清楚那幾行字意思，看來希望落空了。

立原恭敬地用眼神向他們行注目禮後，壓低聲音對著電話說：

「我等一下去你家。」

『請問、明天不行嗎？』

「事情很緊急。」

立原將心裡的煩躁發洩在一個素未謀面的男人身上。

『呃……好吧，那我在家裡等你。』

立原和對方約好上午過去，隨即慌忙掛上電話，深呼吸後，跑向部長室。

5

「還不坐下！」

立原一走進部長室，立刻聽到怒氣沖沖的聲音。

立原第一次看到柳瀨大動肝火。以前妻子曾經問他部長的為人，記得他當時曾經回答，部長是溫和敦厚的人。那是因為柳瀨每次在聽取電腦相關說明時，都像孩子般虛心學習，都會滿臉微笑地對立原說「那就拜託你了」，送他出辦公室。但是，眼前傲慢又咄咄逼人的樣子才是他的真面目。安井課長應該早就知道部長的本性，像是躲在立原身後似地坐在沙發上，屏住呼吸。

柳瀨開始質問。

「已經找到破壞網站的歹徒了嗎？」

「這——要找到黑帽駭客恐怕比登天還難。」

「你說比登天還難？」

柳瀨雙目圓睜，立原慌忙改口。

「目前正派人和廠商的駭客防護團隊聯絡，並且和警察廳的技術對策課達成協議，會盡最大的努力追查，但是網路世界遍及世界各地，黑帽駭客用來交流入侵手法的網站多不勝數——」

「等一下，不是駭客嗎？你說的黑帽駭客又是什麼？」

立原說不出話。

「我之前曾經向部長報告，駭客只是入侵偷窺資料，但是黑帽駭客是會做出竄改資料等行為的激進分子。」

「太複雜了。算了，這種事不重要，為什麼會遭到破壞？網路安全防護沒有發揮作用嗎？」

立原這次真的說不出話了。難道現在要討論網站安全防護的問題嗎？

「怎麼了？趕快回答啊。」

「是……我們當然對ID和密碼都進行了嚴格控管，也設置了多重安全防護。然而，就算開發出新的安全系統，黑帽駭客們還是會找出漏洞入侵；當我們堵住這個漏洞，他們又會用別的手法——就像是在打地鼠，這也是目前世界各地的現況。再加上官方網站必須讓任何人都能輕易連線。舉例來說，官網這種東西，本質上就等於是直接曝露在網路這條公共道路上。和機密情報的管理相比，官網的安全性終究還是會相差好幾個層級。」

「相差好幾個層級？笨蛋！你要在架設網站之前就告訴我啊。」

我說了。在架設網站之前，曾經口頭說明好幾次，在書面報告時，又花了好幾頁的篇幅載明其危險性。

這意味著柳瀨對網站根本沒有興趣，他只是不想比其他縣警落後，或是想在警察廳、總部長面前邀功，因此當初才會急著架設網站。

「真是的，真是太丟臉了！」

柳瀨用拳頭打向自己的大腿，比剛才更生氣了。

「蠢貨！警察的網站竟然被駭客破壞！如果被媒體發現，一定會大作文章。到時候要怎麼辦？喂！」

「……」

「立原，你有沒有在聽我說話！一旦這件事曝光，你就等著失業吧！」

失業——

這句具體的話猛然刺進立原的內心。

整個視野扭曲模糊。

父親的身影閃過他的腦海。渾身都是酒臭味，大聲咆哮，又踹又打，伸手在兒子的口袋裡找錢，像餓鬼般令人不齒的樣子——

企圖奪走他所「沒有」之物的父親。

正在奪走他所「擁有」之物的犯人。

無論父親和歹徒都很可惡。

養妻育女的薪水，三房一廳的宿舍，適合自己的工作，還有超出預期的警階——

他無法放棄這一切。

「媒體不會知道。」

他不知不覺脫口而出。

「不會知道？你有什麼根據——」

「我借用一下電話。」

立原懷著堅定的意志說完後起身。這時，有人敲了敲辦公室的門，谷澤股長神色緊張地走進來。

立原走過去，小聲問他：

「我正想打電話給你，情況怎麼樣？」

「嗯，多虧仲川先生幫忙，四個人都——」

谷澤壓低聲音回答後，把寫有名字和地址的便條紙交給立原。

「仲川先生說，黑帽駭客入侵了法國的網路業者，再從那裡進入我們的網站。」

「我知道了。」

沒什麼好大驚小怪的。雖然入侵訊號來自法國，但並不代表駭客在法國；駭客會建立好幾個「跳板」，經由這些跳板攻擊標的，這是黑帽駭客常用的手段。

——先解決這裡的問題。

立原回到沙發，帶著背水一戰的決心，看著柳瀨。

「部長——目前S縣警的網站在網路上是處於極為正常的狀態，完全沒有『傷痕』和『手術的痕跡』，無論誰看了，都會覺得和昨天一樣。」

「來不及了，就算現在已經恢復，仍然有人看到了那個畫面。」

「的確有，但只有三個人。」

第四個人是眼前的柳瀨，立原就直接扣除了。

「目前已經取得他們的姓名和住址，只要這三個人不說出去，就可以視為沒有發生駭客攻擊。」

柳瀨吃驚地看向立原。

「沒有發生？」

「是。」

「但是……要怎麼向總部報告？」

「既然沒有發生，就無法報告。」

柳瀨沉吟著。

安井仍然一動不動地僵坐。

這是危險的賭博，但是立原沒有絲毫的猶豫。

歹徒的行為觸犯『禁止非法入侵電腦系統法』，是明確的犯罪行為。但是，S縣警，不，這間辦公室內並沒有可以稱為被害人的人。沒有人流血，財產和生活都沒有受到侵害。只有當媒體知道這件事時，才會流血，才會產生第一個被害人。

——太荒唐了。

立原打從心底這麼認為。

這算「犯罪」嗎？與其說這是「犯罪」，不如說它只是一場發生在虛擬世界裡，觸摸不到的事件。駭客沒有名字、沒有長相、也沒有心。怎麼可以因為那種虛無的存在所送來的短短幾行字，就讓一個有工作、有生活、有家庭的血肉之軀，為此淌血犧牲呢？

柳瀨低沉的聲音打破漫長的沉默。

「有辦法封住他們的口嗎？」

「非封住不可。」

「但是，就算有辦法搞定，還有另外一個問題。」

「什麼問題？」

「就是那些法文的意思。」

「翻譯出來了嗎？」

「沒有，我對法文一竅不通，但如果內容有什麼政治意圖，試圖攻擊警方的話，就沒辦法壓下來，也有可能是預告展開襲擊或是爆炸。」

立原停頓了一下後問：

「所以如果查出來只是惡作劇，就可以壓下來，對嗎？」

柳瀨沒有回答。

他還在猶豫。

立原站起身，在脈搏突突跳動的腦中複誦著法文譯者住家的地址。

6

眼前的房子和想像中不一樣。

雖然立原並沒有具體想像過，但是從衛藤久志的經歷，以及電話中聽起來家教良好的聲音，完全沒有想到他住在只有鐵皮屋頂的破舊平房。

他還是按下門鈴，過了一會兒，玄關拉門打開，一張蒼白端正的臉探出頭。

——明天不行嗎？

立原看到衛藤，就知道他在電話中說出這句話的理由。他穿著黑色西裝，繫著黑色領帶。今天是他過世母親的尾七，和尚會在中午之前來家裡。

立原向他深深鞠躬。

「對不起，我太強人所難了。」

「沒關係，請進。」

衛藤帶他來到客廳兼佛堂，佛壇飄著線香的煙，有一張看起來像是衛藤父親的男人照片。隔著打開一半的紙拉門，看到隔壁房間的書架和榻榻米上，堆滿不計其數的藏書。那就是原文書嗎？書脊上印的全都是外文。

「不好意思，家裡很亂。」

衛藤從廚房端來茶和仙貝。無論是他說話的方式，還是衣著打扮都很女性化。

「半年前，我媽生病了，我就回來老家，但反正單身，打掃之類的事就有點馬虎。」

「聽說你之前在日本種苗任職。」

「啊，是啊……」

衛藤有些自豪。

「我大學讀的是法文系，但我的成績差點畢不了業，因此找不到什麼好工作。於是我下定決心，又考進U大，惡補了原本就很有興趣的電腦和生物工程的基礎。算是靠著『法語』加『生物科技』這招組合技，才進了日種。但那家公司的工作壓力很大，短時間內就被派到歐美很多國家——」

立原很後悔聊起這個話題。

「衛藤先生。」立原抓住談話間的一個小空檔插話，「不好意思，可以請你先看一下內容嗎？」

「喔，好啊。」

立原打開手提包，拿出列印下來的電腦畫面。黑底紅字。無論看多少次，都覺得渾身不舒服。

衛藤有些不知所措，但立刻表示「的確是法文」，然後伸手拿起放在電話旁的筆記本和原子筆。

前後花不到十分鐘。衛藤開始翻譯後，除了看著半空思考了一兩次以外，幾乎沒有卡關，原子筆一直在紙上寫不停。

「我只是直譯，不過差不多就是這樣的內容。」

「我看一下。」

立原低頭看著衛藤遞給他的便條紙。

俺曾經鍾愛真理，但它在哪裡？

偽善無所不在，或者，至少也是欺騙。

連最有德行之人，連最偉大的人，

亦是如此。

立原一時說不出話。

他覺得有什麼東西卡在喉嚨，心中不安湧現，心跳漸漸加速。

「這是……」

立原抬起肌肉僵硬的臉部，衛藤驚訝地歪著頭。

「到底是什麼意思……」

簡單來說，就是雖然每個字都看得懂，但不知道整段文字想要表達什麼。

立原調整呼吸。

他又重新看了一次。

真理……偽善……欺騙……

如果深入解讀，可以認為是在批判警察，或是憎恨警察。揶揄警察的權力是「最偉大的人」，「偽善」和「欺騙」在警察組織內部「無所不在」。

如果這樣解釋，就覺得這段內容有內部告發的味道，「俺」是警察或者曾經是警察，「鍾愛真理」可以解讀為認真工作，「最有德行之人」可能是組織的幹部或是上司。

但這些全都只是想像，這段文字中完全沒有任何具體線索，根本不可能從中推測出歹徒。

詭異的感覺增加了。不過，另一方面，文辭的艱澀和抽象，又讓他鬆了一口氣。

至少可以確定，並不是像柳瀨部長所說，是預告襲擊或是爆炸的內容，並且沒有指名S縣警。就算翻譯出來的內容公諸於世，也不會有人認為是在攻擊S縣警，這些內容不會打擊到警察組織整體。文字內容本身「無害」。

——既然這樣，就可以把整件事壓下來。

立原這麼想。

「是不是詩的一部分？」

衛藤突然這麼說。

詩的一部分……

立原又重新看了那段文字。

的確有這樣的感覺。

偽善無所不在，或者，至少也是欺騙——

立原突然有一種奇妙的感覺。

自己看過這段文字。

他有這樣的感覺，覺得自己曾經看過這段文字。

以前曾經在哪裡看過……還是曾經聽過？不知道，但是的確之前就知道，而且曾經在心裡默唸過。

他的神經突然亢奮起來。

記憶和文字內容相互呼應，產生共振。

那股驚愕，令立原的意識一瞬間恍惚遠去。

7

「總之，這是防止網路恐怖攻擊所使用的訓練圖像，不小心上傳到官網上了。」

立原解釋完畢後，觀察著眼前這名大學生的反應。

「是這樣嗎？」

富田徹，今年二十歲。他的表情似乎在說，雖然不相信，但只能當作是這麼一回事。富田看起來凡事都很順從，很容易放棄，絲毫感受不到任何野心。時下的大學生差不多都這樣。四坪大的房間內塞滿東西，除了筆電以外，還有一台桌上型電腦，而且還連接好幾件昂貴的電腦周邊。

「這不是什麼值得一提的事，可以請你不要說出去嗎？」

「呃……」

「還是你已經告訴別人了？」

「不，我沒跟任何人說。」

「那就拜託你了。」

立原在最後一句話時加重語氣，然後站起身來。

當他準備走出房間時，富田叫住他。

「啊，請問……」

立原轉過頭，只見富田想笑卻擠不出笑容的臉。

「當警察很難嗎？」

看來他並非只是個順從又容易放棄的大學生。經濟不景氣持續這麼久，不只一般的公務員，連警察也變成了熱門的職業。

「你一定沒問題。」

立原說完，離開了富田家。

他開車飛奔趕往「第二個人」的住家。現在是上午十一點半。不知道谷澤股長是否趕到機場了——最後一個人是住在長崎市區的上班族。

目的地快到了。立原把車子停在公園附近的空地上，依據住宅區地圖，尋找「門倉」的名牌。和網路公司簽約的人是門倉明夫，立原事先打電話詢問後，發現是門倉讀國三的小女兒使用電腦瀏覽縣警的網站。

繭居族——立原有兩個女兒，因此並不會覺得事不關己，但是在今天這件事上，他覺得門倉千繪沒有直接和學校的同學接觸一事，無疑是大大的福音。

那是一棟可以稱為豪宅的氣派三層樓房子，立原已經事先打電話告知來意，而且獲得對方的同意，但是門倉太太不太願意讓他和女兒見面。

「她有點不舒服。」

「只要十分鐘就好。」

立原不由分說地進了屋。

門倉家女兒的房間在三樓。門倉太太敲敲門，但是房間內沒有反應，門倉太太說了好幾次「我要進去嘍」、「我真的要進去嘍」，然後才打開門。

門倉千繪躺在床上，把被子拉到鼻子，以警戒的目光看過來。

「千繪，就像我剛才說的，警察說有事找妳。」

「……」

「聽我說，並不是妳做了什麼事，而是有事想要拜託妳。」

立原對門倉太太使了個眼色，示意她離開房間。因為他從千繪的神情中，感受到她對母親的嫌惡。

當房間內只剩下他們兩個人時，千繪立刻用細若蚊蚋的聲音說：

「我沒有做什麼壞事喔。」

「我知道，其實——」

立原又重複了剛才對大學生富田說的話。千繪沉默不語，和不知道總共有多少隻的絨毛娃娃、人偶一起注視著立原。

「我希望妳不要告訴任何人，妳能夠答應我嗎？」

「……沒問題啊。」

「謝謝妳，那我就告辭了。」

立原站起來後，突然想到一件事，注視著千繪。

「妳為什麼會去看警察的網站？」

這是一個單純的疑問。國三女生會對警察網站上的什麼內容有興趣？

千繪躺在被子裡回答說：

「因為沒有其他東西可以看了。」

她的聲音沒有起伏，簡直就像是床後方展示櫃上的西洋人偶在說話。

書桌上的筆電是闔上的，立原彷彿看到了深夜時分，在沒有燈光的房間內，電腦的藍白光照在沒有表情的少女臉上。她不去學校，不去外面玩，只是不停地在網路的海洋中遊蕩。那是沒有盡頭、深不見底的浩瀚大海，難道就連在那片大海裡，也已經沒有任何能撼動一名十四歲少女心弦的事物了嗎？

立原離開了門倉家。雖然他有點感傷，但上車之後，這種情緒就一掃而光了。

一切都很順利。

縣警的網站已經復原，那段法文內容沒有威脅性，而且已經順利封住了兩個人的口。

他在下午兩點整，回到縣警總部大樓。

一走進資訊管理課，安井課長立刻用誇張的動作向他招手。似乎發生了什麼狀況──

「趁我忘記之前提醒你一下，那種事很讓人困擾啊。」

「啊？」

「就是今天早上的事。為什麼打電話給部長之前，沒有先通知我？害我被罵了一頓。你沒有手機，結果變成我被部長──」

原來他從一大早到現在，就一直想說這件事。

立原沒有道歉。

「有什麼進展嗎？」

「嗯，有幾件事──」

安井噘著嘴說。

第一件事，是趕去長崎的谷澤剛才打電話回來，說已經搞定了。他找到那名上班族，對方答應「不會告訴任何人」。

第二件事，是縣政府的仲川提供了線索。資安廠商外調到法國工作的員工查到第二個「跳板」，這次是在倫敦郊區的圖書館。黑帽駭客從圖書館的伺服器入侵巴黎的網路公司後，攻擊縣警的網站，在圖書館之前，一定還有其他「跳板」。

立原目不轉睛地盯著安井。難道剛才那句抱怨比這兩件事更重要嗎？

然而，安井手上還握著一張更驚人的王牌。

「立原，總務課長剛才打電話來，要求你回來之後，立刻去總部長室。」

「啊？是為了駭客的事嗎？」

「我可不知道。」

立原二話不說，立刻離開辦公室。他在走廊上小跑著——總部長怎麼可能找一個小警部？

打開總務課的門，坐在課長座位上的石卷舉起手。

「等你很久了。」

立原用力挺直身體，連背都覺得有點痛了。他敲敲位在後方的總部長室的門。自從當上巡查至今，他第一次走進總部長室。

澄田總部長坐在辦公桌前。

「來了。坐吧。」

立原完全不知道自己是怎麼走到沙發。他和總部長面對面坐在沙發上，厚實的地毯讓鞋底幾乎感覺不到地面。

澄田的語氣很平靜。

「你叫立原吧？聽說你向柳瀨部長建議，不要把網路恐怖攻擊的事向總部報告？」

立原整個人都僵住了，他知道自己的臉色越來越白。

「是、是的……」

「為什麼？縣警和警察廳不都是一家人嗎？」

「因為我不希望媒體知道。」

「被媒體知道的確會有負面影響，但是，這和不向總部報告是兩回事。」

立原無言以對。

柳瀨的臉浮現在他的腦海中。柳瀨一定對澄田提出一樣的建議，但是被澄田斥責，他便立刻推卸責任，說出是負責網站的立原這麼提議的。

澄田繼續說道：

「不通知總部，就代表放棄調查，不是嗎？」

「……是。」

「你說說看，你到底是基於什麼原因，會有這種拚命自保的想法？」

「……」

澄田自始至終，都保持著紳士的態度。

「別忘了——我們管理部門的人也都是警察。」

8

黑暗。完美的「L」。

凌晨三點。身旁傳來妻子均勻的鼻息聲。

立原坐在被子上。

『你說說看，你到底是基於什麼原因，會有這種拚命自保的想法？』

他的內心充滿憎恨。

澄田總部長很誠實，但他的誠實勾起立原的憎恨。

『偽善無所不在，或者，至少也是欺騙。』

『連最有德行之人，連最偉大的人，亦是如此。』

如果是惡意，他能夠承受。柳瀨部長和安井課長根本不算什麼。父親身上充滿赤裸裸的惡意、陰險和狡猾，他在成長過程中看太多了。

他之前憎恨所有的人。憎恨嘲笑他貧窮的同學；憎恨上課時，從來不叫他回答問題的老師，也恨不肯借錢給他的放高利貸老太婆。

但是——

真正讓立原痛恨不已的，是乍看之下誠實又溫柔的人。他們看到任何人都會露出慈祥的眼神，說一些誠懇的話，心血來潮地付出溫柔，點亮少年的心，然後又在某個時候，面無表情地把燈吹熄。

他們真的『無所不在』。

就在他曾經送早報的幾百戶人家中。

立原和他們之間隔著圍牆或是圍籬。他們在圍牆內，露出溫柔的眼神看著在圍牆外側忙碌奔波的立原。

但是，他們並非本性溫柔。只要他送報路線有誰家的牛奶被偷，他們就會懷疑是貧窮的少年所為。當他不小心忘記把報紙塞進某戶人家的信箱時，那些人就會尖聲向派報社老闆告狀，完全沒有考慮到少年將會因此遭受多大的災禍。在路上擦身而過時，他們都會假裝沒有看到一身襤褸的落魄少年。隔天早上，當他送報紙上門時，他們就會說：「你真了不起，辛苦你了。」

少年立原感到無所適從，只能對這些人的溫柔和誠實產生懷疑困惑，他不止一次地想，如果母親還活著，不知道該有多好。不知道有多少次希望父親趕快死掉。

上天聽到了他的心願。在立原十四歲那年夏天，父親得胃癌過世。叔叔家收留了他，送報少年靠獎學金讀完高中。他嚮往公務員的頭銜和升遷制度，當上警察——穿著相同的制服，領相同的薪水，站在相同的起跑點上，只要願意付出努力，就能夠更上一層樓的階級社會。他從來不覺得工作辛苦。而升遷——總是讓他有一種一吐怨氣的快感。然後，他逐一得到他嚮往的事物。能夠支應生活所需的足夠金錢，三房一廳的鋼筋水泥宿舍。開朗的妻子，兩個嬌巒的女兒。適合自己的工作。超乎預期的警階。還有電視、車子和冷氣……

他終於得到了以前無比渴望的、圍牆內的生活。

而黑帽駭客試圖奪走這一切，試圖把立原從組織的保護圍牆中拉出去。『你就等著失業吧。』柳瀨的那句話讓他失去理智，讓他試圖排除會威脅到自己保護牆的所有可能性。就算帶來威脅的是警察廳，他也不會坐以待斃。他原本如此下定決心。

但是，他搞不懂。

為什麼自己的心，會被那理應最為憎恨的黑帽駭客所動搖？

只是因為那段文字和以前的記憶重疊，產生共鳴？

就只是這樣嗎？

俺曾經鍾愛真理，但它在哪裡？

偽善無所不在，或者，至少也是欺騙。

連最有德行之人，連最偉大的人，
亦是如此。

不對。
自己知道這幾句話。
很久之前就知道了。
他強烈地這麼認為。
是看過這段文字……還是曾經聽過……到底是什麼時候……
立原注視著黑暗。
眼前的黑暗讓他想起漆黑的畫面。
上面是紅色的外文。
就在這時——
有什麼東西在他腦袋中爆炸了。盤結的思緒團塊炸裂四散，就像在網路世界疾走的無數資訊，瞬間在立原的腦海中流竄。

9

五天後，立原拿著一本文庫本，造訪剛認識不久的男人。

他知道誰是黑帽駭客了。

雖然沒有證據，但是他有十足的把握。

「駭客偷偷在歐美各地設置了五個『跳板』，但是發送端在日本，是青森的一名家庭主婦，她的ID和密碼被盜了。」

「你這是在套我的話嗎？你那天只是委託我翻譯那段文字，但是完全沒有提起案件細節，我一無所知喔。」

衛藤久志端正白淨的臉上露出淡淡的笑容。

「不過沒關係，我也剛好想和你聊一聊。畢竟我留給你幾個提示，等著你發現。」

立原注視著衛藤的雙眼。

「你承認了？」

「從青森那條線索要再往下追查，是很困難的喔。應該說，要繼續追蹤下去，根本是不可能的。你也看到了，我家都沒有電腦，不過外頭的世界，電腦可是多到滿出來了呢。那些二十四小時掛網的電腦，就像路邊的石頭一樣，隨處都是。」

「為什麼要做這種事？」

衛藤笑意更濃了。

「這只是玩笑，開玩笑而已。我猜想你應該也發現了，今天才會來找我。」

立原聽到衛藤這麼說，把放在腿邊的文庫本放在桌子上。

那是斯湯達爾的《紅與黑》——

立原在年輕時的確曾經看過這個故事，主角是個無權無勢、又野心滿滿的年輕人。這本小說篇幅並不算短，黑底紅字的內容出現在接近尾聲的第四十四章中間，是被判處死刑的主角朱利安在監獄中的獨白。

當立原想到《紅與黑》，理所當然就會懷疑衛藤——五天前，衛藤在翻譯完成後，曾經對立原說：「是不是詩的一部分？」法文系畢業的衛藤為什麼沒有發現這段內容來自《紅與黑》？不，這正是他刻意埋下的「暗示」。他基於同樣的理由，在翻譯時，將一開始的主詞「我」用了代表男性的「俺」這個字，如果是直譯，應該用「我」，他依據《紅與黑》原著角色的口吻，特意進行調整。

「我的興趣就是駭進別人的電腦，在『日種』工作期間，被派到國外時，只要發現沒人維護管理的伺服器，就會悄悄設置『後門』，這次剛好派上用場。」

「為什麼挑縣警當目標？」

「我不是說了嗎？只是開玩笑，作弄一下警察很有趣，警方一定會暴跳如雷，手忙腳亂，而且——」

立原打斷他。

「你是在八月二十九日那天應徵縣警的翻譯工作吧。」

「啊？」

衛藤母親的尾七是報紙休刊日隔天的十月十五日。反向推算，就會發現衛藤是在他母親去世的隔天應徵。

「太厲害了！」衛藤短促地讚嘆一聲，雙眼為之一亮。「好吧，既然你連這件事都知道了，那我就告訴你。其實《紅與黑》還有另一個意義——雖然是很無聊的雙關語。」

「雙關？」

「是的。我父親以前是學校的教務主任，當時，參加工會的老師，和沒有參加工會的老師鬥爭很激烈，相互罵對方是『紅色老師』❷、『黑色老師』，最後發展成暴力衝突。我父親生性軟弱，被夾在兩派人馬中間惶惶不可終日，最後幾乎是過勞死。我一直認為是這麼一回事，但是我媽在臨死之前對我說，我爸爸是被警察害死的。」

立原沉默不語，示意他繼續說下去。

「當初兩派人馬發生暴力衝突時，警察找了我父親去問話，聽說審問相當嚴厲，一直逼問我父親到底是『紅的』還是『黑的』。唉，我也不知道是真是假，只是我母親老是像在說夢話一樣，嘴裡不停地唸著警察、警察。」

「……」

「啊，不是你想的那樣，不要誤會。我並不是報仇，只是遊戲，真的只是玩玩而已。」

在當今的時代，有這種人不足為奇。如果立原沒有察覺衛藤的嘴唇微微發抖，或許真的會相信像他說的那麼輕鬆。

「我想請教一個問題。」

立原靜靜地說，注視著將視線移向窗外的衛藤的側臉。

「俺曾經鍾愛真理——這句話是什麼意思？你鍾愛的真理是什麼？」

❷在日本的社會脈絡下，「紅色」一詞常與左派或共產主義思想相連結。歷史上，由於「赤軍」等激進組織曾有過反政府的活動紀錄，也使得警方體系對於相關符號高度敏感。

「……那只是標籤罷了。」

衛藤看著窗外繼續說：

「T大、U大、法文系或是生物科技，還有日種……但是，如果缺乏內涵，即使蒐集再多的標籤往身上貼也沒用。不瞞你說，我是被日種裁員的。和公務員不一樣，在當今的時代，三十多歲的人如果沒有能力，就會被踢掉，所以啊，我也只能無奈地回到這棟破房子來了。」

衛藤轉頭回來，注視著立原的眼睛。

「你知道什麼是貧窮嗎？」

「……」

「真的很辛酸，我和我母親靠我父親的遺族年金，勉強可以餬口……這樣的我，終究還是沒辦法，把《紅與黑》單純當成一本與己無關、路易王朝時代的社會小說文本來看待。」

立原輕輕吐出一口氣。

「這是一個讀了兩所大學的人會說的話嗎？」

「所以我說了，學歷只是標籤；那八年的時間，我的記憶裡只有打工。」

立原站起來，低頭看著衛藤。

「你知道打地鼠遊戲的意義嗎？」

「啊？」

「有時候可能會贏，但有時候會輸。」

衛藤的神色有點緊張。

立原加強語氣。

「下不為例——你下次再來玩，我一定會抓你。」

10

晚上十點多。

立原開車回宿舍。

衛藤說的話一直扎在他心上，揮之不去。

標籤……

立原也是，他同樣一直用這種方式生活。

公務員。金錢。三房一廳。個性開朗的妻子。兩個女兒。適合自己的工作，還有超出預期的警階……自己一直在蒐集這些「幸福的標籤」，而且隨時都在掐指計算、逐一確認。當幸福的標籤增加，就深信已經擺脫過去。

立原把車子停在停車場，走在黑暗中。他走上宿舍樓梯的腳步很沉重。

這次的事讓他失去了上頭的信賴。明年春天，一定會被調走。澄田總部長雖然重視、信奉誠實，不過應該仍無法容忍地方警察不把他所屬的警察廳放在眼裡。自己冒犯了他的「保護圍牆」，恐怕不是一紙調職令就能了結的——

立原把手伸向門把。

就在這時，門從裡面打開了。

「你回來了！是不是嚇了一跳？我從窗戶看到你的車子。」

妻子一臉得意。

「是喔。」

「什麼是喔，時間這麼晚了，我很擔心你啊。」

「是喔……」

立原走進客廳，兩隻手臂立刻都被抓住，高亢的話聲分別灌入雙耳。

「爸爸，可以吧？」

「買手機OK吧？」

兩個女兒已經為這件事吵了半個月。

「可以買，對嗎？對不對嘛！大家都有手機，全班就只有我一個人沒有手機。」

「我也是啊，大家都笑我，丟臉到都沒辦法去學校了啦。」

兩個女兒使勁搖著他的兩隻手臂。

不知為何，一股暖意湧上心頭。

他環視家中，廚房裡，妻子掛著一抹溫柔的笑，彷彿說著「每天晚上都這樣，辛苦你了」。

這些並不是標籤。

不久之前，還像楓葉般小巧的手，如今搖晃著他的手臂，又拉又捏。

這些當然不是標籤。

他內心的僵硬感情慢慢融解。

就算房子變小，薪水減少，失去頭銜和職稱——

「啊喲！爸爸，你有沒有在聽嘛！可以買手機，對不對嘛！」

「那就這麼決定了，決定了喔！」

立原回過神，吐出一口氣。

「……不行。」

笨蛋！小氣鬼！老頑固！

身後傳來的叫罵聲跟著立原到了盥洗室，而他只是照舊微微打開水龍頭，用細細的水流洗臉洗手。

安靜的家

1

編務部在晚上八點多終於醒來。

縣民新報總公司大樓五樓的編輯局。位在出入口附近的編務部辦公區，正擠著二十多個埋首工作的身影。有人正審閱著主編交辦過來的原稿校樣；有人在桌上攤開的版面分配表上劃著線；有人雙手抱胸，看著半空，正在思考標題；還有人正對著電腦終端的編輯系統，加緊製作著版面……

比別人早一步完成工作的高梨透，正在檢視「地方版」剛排好的樣張。他有十六年的外勤記者經驗，但從事編務工作的日子尚淺，因此多半是負責編排比頭版或社會版責任與負擔都來得輕的地方版。通常在晚上八點半，可以將完成的版面送入印刷流程，也就是「送印」，向來比其他版面提早三、四個小時。

——還不錯。

高梨在校對印刷樣稿時，內心鬆了一口氣。編務記者需要具備能夠應對所有狀況的彈性和判斷力，但更需要品味和靈活性。標題必須一針見血、具有說服力，組版要美觀，而且閱讀方便。自己缺乏創造出這種標題和組版的才華，雖然慢慢掌握組版的訣竅，但是每天都深刻體會到，在這方面自己完全稱不上有品味。以前當外勤記者時完全不在意這種事，但是進入編務部三個多月，已經能夠分辨「犀利有力的版面」和「呆板老套的版面」的不同。

但是，今天難得組出了很不錯的版面。頭條新聞的市民馬拉松這條新聞，大膽使用大幅的照片。主標題的『迎著河風一路奔馳』表現得很到位。一般社會事件或政經報導內容要使用直指核心的標題，但是在地方版，能夠貼切襯托文章氣氛的標題會更好。

次要頭條新聞的手語講座，和版面中央稱為「肚臍」位置的夏季廟會報導很協調。版面中間和下端，總共有十條左右的小新聞，平時總覺得呆板無趣，但今天的標題和文章編排有層次感，強化了視覺效果。這樣的組版，部長和主編應該無可——

咦？

他的思考停下——他發現印刷樣稿有哪裡怪怪的。

「高梨——」

聽到低沉的叫喚，高梨轉頭一看，發現地方版主編荒川把校樣稿和照片遞到他面前。

「不好意思，把這篇塞進去。」

「現在嗎？」

高梨的聲音緊張起來。他看向牆上的時鐘。八點二十分。距離送印時間只剩下十分鐘。

「明天不行嗎？」

高梨接過校樣紙時，皺起眉頭問。地方版的頁面由當天採訪後所寫的「現場稿」和不急著刊登的「存檔稿」混合組成，送到地方版的新聞稿基本上都是不緊急的內容，所以當記者太晚送稿子進來時，通常都會「隔天再登」。

「這是自家的。」

荒川的回答讓高梨感到失望。自家的——這代表是縣民新報主辦或是贊助的活動。

高梨低頭看著校樣紙，上面用紅字寫著『本報贊助』的標示。記者取的暫定標題是『Y地區舉辦青少年芭蕾發表會』。Y分社進公司第四年的記者湯澤那雙狐狸眼睛浮現在眼前，令他心生厭惡。

「現在已經八點多了，我完全不知道會有這篇文章。」

「Y市正在進行市長選戰，他在忙選戰的事，所以這麼晚才把文章趕出來。」

「但是至少要先通知一下會有稿子——」

高梨說到一半，忍不住嘆氣。現在抱怨這些無濟於事。既然是自家的活動，那就只能硬著頭皮吞了。

「要幾行呢？」

「三十行左右。」

「不用照片不行吧？」

「要放照片，主辦人是一個姓石井的老太婆，她是副社長的朋友。」

高梨站起身，拿著校樣紙和照片走向編務部主編蒲地。

「有臨時加的稿子，要重新組版。」

蒲地瞥了一眼手錶後抬起頭。

「要大篇幅調整嗎？」

「是自家的稿子，三十行，還要加照片。」

蒲地的桌子上放著高梨剛才給他的地方版印刷樣稿，蒲池正在進行最後的確認。

兩個人都一臉愁容地看著印刷樣稿。

「上方的這篇可以撤嗎？」

右上方次要頭條的手語講座塞不進第二社會版，因此放在地方版。由五個公益團體共同舉辦的這個講座很有話題，而且有兩百個人參加。

「這則新聞不太想放到明天。」

蒲地的眼睛又看向下方。

「……雖然想撤下這條新聞，但只到今天為止。」

「嗯，是啊。」

高梨低頭看著標題。

『須貝攝影個展到今日為止』——

那是以彩虹和雲為主題的攝影個展。「須貝」是攝影師，但是高梨從來沒聽過這個名字，他猜想應該只是略懂皮毛的外行人，就把前天收到的這份稿子壓了兩天。為期四天的個展到明天為止，如果今天再不刊登，就無法發揮帶動觀眾入場的效果。

「既然這樣——」

蒲地看向最下方的小篇幅報導。

「那就撤掉這兩篇，交通安全運動的內容會讓讀者反胃。」

「把芭蕾的新聞放這裡嗎？」

「自家活動的稿子，當然不能放這個位置。把芭蕾放在上方，把手語講座拉下來，中央的廟會縮小一點，應該就可以搞定了。」

高梨覺得眼前發黑。這不就是整個版面都要重新組版嗎？

「我來試試看。」

高梨看著牆上的時鐘，快步走向電子製作部，請人將芭蕾的照片掃描，並存入電腦主機，然後小跑著回到自己的辦公桌，數著校樣紙上的行數。

他忍不住咂著嘴。因為竟然有三十九行。

高梨坐在椅子上，滑行到旁邊的編輯器前。螢幕上出現準備送印的地方版。難得設計出滿意的版面，他有點不忍心砍掉重練。

但是，現在不是說這種話的時候。他點擊滑鼠，確認芭蕾的稿子和照片是否已經存入電腦。有了。他急忙操作滑鼠，撤走兩則交通安全運動的報導，然後把上方和中央的內容暫時移到欄外，將芭蕾的稿子放在空出來的上方位置。螢幕右下角立刻出現了「超出組版範圍」的字樣閃爍著。行數太多，無法放入版面。要不要請主編刪掉幾行？不，只要把照片縮小，應該就可以解決。他硬是把「橫向」的照片裁剪後，變成「直向」的照片，然後再把稿子放進去。下一剎那，「超出組版範圍」又出現了。

媽的！

高梨在心裡咒罵著，看向手錶。八點三十五分。已經超過送印時間。

「好像很難處理。」

坐在旁邊的串木對他說。串木和他同期進公司，但從事編務工作十二年，是資深前輩。

「沒事啦。」

高梨在意坐在對面座位的手塚理繪，因此逞強地回答。手塚理繪二十四歲，今年是她進公司的第二年，編務組版品味出眾，而且以此為傲。每次高梨手忙腳亂地陷入崩潰，她都會偷笑。高梨明年就四十歲了，已經不是那種被調來做內勤工作，就會不高興的年紀，但是，每次被這種以前外勤記者時代，根本不放在眼裡的年輕小女孩嘲笑，高梨就很想詛咒編輯局的長官。

「動作快。」

主編蒲地催促。

高梨緊盯著編輯器。時鐘的指針無情地快速前進，他花了不少時間調整行數，轉眼之間就超過九點。樓下的照片製版課打電話進來。「喂？在搞什麼啊？」電話中的聲音帶著怒氣。

「我知道啦。」高梨吼回去，然後掛上電話。

終於重新組版完成，只剩下標題了。青少年芭蕾發表會的標題……標題……高梨用大拇指按著眉間。他心浮氣躁。報社大樓重建之後，就禁止在辦公室抽菸，他抖腳的幅度越來越大。

噔。腦海中突然浮現標題。

『小小首席女伶擄獲觀賞者的心』

差強人意的標題。這樣就行了。高梨敲打著編輯器的鍵盤，聽到背後傳來呵呵的笑聲。回頭一看，理繪那雙瞇成彎月形的眼睛正看著他的螢幕。

「怎樣？」

高梨瞪著她問，理繪絲毫沒有退縮。

「只有聽說過『小小劍士』，『小小首席女伶』太奇怪了吧，我覺得改成『未來的首席女伶』比較好。」

高梨原本想反駁，但立刻忍住。未來的首席女伶。的確沒有更好的說法了。

理繪又接著說：

「而且『觀賞者』太正式了，用『觀眾』就好了啊。」

他氣到聳高肩膀，趕走理繪，重新輸入標題，立刻按下「執行印刷樣稿」的按鍵。他把椅子往後退，站了起來，衝去辦公室角落俗稱「大嘴巴」的機器。平時兩三分鐘就會把印刷樣稿吐出來，但因為高梨的作業延誤，因此和科學版、市況版的印刷樣稿擠在一起，在這裡又浪費了十分鐘。

「麻煩主編了。」

他把改好的樣稿放在蒲地的辦公桌上時，自己辦公桌上的電話響了。九點二十五分。他覺得電話鈴聲格外刺耳。

「如果大致沒有問題，就趕快送過去。」

蒲地一口氣說道。

高梨用手指著剛才修改的部分，走向自己的辦公桌。OK。沒有問題。他小聲嘀咕後，拿起電話。

『喂！你知道現在幾點了嗎？』

「剛剛送印了。」

高梨搶先說道，按下「執行送印」的鍵。

結束了。

他吐出一口長長的氣，可以感受到原本皺在一起的兩道眉毛鬆開了。這就是和外勤記者決定性的差異。無論再怎麼忙，只要自己負責的版面送印，就能把編務工作完全拋在腦後。這是個被動的崗位，明天的工作必須看了明天記者交來的稿子後才能進行安排。

高梨收拾東西準備回家。周圍的其他同事仍然忙得焦頭爛額。接下來才是新聞現場的血戰時刻。

「不好意思啊。」

他一如往常地向坐在旁邊座位的串木打了招呼，悄悄站起身。

先去大廳的吸菸區抽一根菸——這個小小的樂趣，讓高梨的腳步變得格外輕盈。

2

晚酌後，吃了點東西，看完最後的新聞報導，已經快半夜一點了。

妻子咲子剛才去睡了。自從高梨被調去編務部之後，她的心情就變得特別好。「以前整天都要配合你。」她最近經常眉開眼笑地數落高梨以前當記者時代的生活沒有規律。編務部是輪班的職場，月初就會決定當月輪班的日程，雖然無法知道明天的工作內容，但是可以安排明天的行程，因此咲子經常找他一起去逛街、看電影。

高梨心不在焉地思考著以後的事。繼續在編務部工作兩三年，有辦法成為地方版的主編嗎？

自己的記者經歷完全不輸給編輯局內的任何人。一開始跑了兩年警政新聞，之後又跑了三年體育新聞，曾經在兩家分社工作過。回到總公司之後，跑過市政和縣政新聞。雖然在工作上稱不上很拚，但無論去哪個部門，做事都很踏實。曾經採訪過幾則讓其他報社大吃一驚的獨家新聞，還曾經企劃道路行政和教育問題相關的宣傳活動。在各方面都建立了人脈關係，喝酒、打高爾夫球之類的應酬都有參加，生活和記者這份工作密不可分。

但是……

調到編務部之後的這三個月，已經適應新的生活模式。總是穿著T恤，理所當然地在中午過後走進報社，隨時對上司察言觀色；工作時，有一大部分的時間都在辦公桌前處理文書工作，在空檔抽根菸，就感到幸福不已。他非但沒有討厭這樣的生活，反而覺得不當記者之後，卸下了肩上的重擔，這樣輕鬆的日子也不錯。但是，那樣一來，拿著名片，在外面跑了十六年新聞的自己又算是什麼？

也或許，是對自己失去自信了。外勤記者要在直覺敏銳、態度積極或是有毅力等某個方面比別人強，方能勝任。在編務部工作，則是每天都在考驗可以稱為每個人「基本性能」的能力。除了品味的問題，還必須承受將整個工作過程都曝露在編務部上司和同事面前的壓力，不像以前當記者時那樣單打獨鬥，以稿件定勝負。

自己並不是什麼厲害的人。在自我貶低的那一刻，就徹底打消了想要回去當外勤記者的念頭，這也是他想要在職位方面更上一層樓的原因。外勤記者的世界，很少會有出人頭地或晉升的想法。一直當記者是深藏在內心的驕傲，即使一直都是普通記者，也能夠抬頭挺胸。和高梨同期進報社，或是和他年紀相近的人中，有好幾個「精明幹練」的記者，今後應該也會繼續邁向和內勤工作無緣的記者人生。對這些人，高梨半是嫉妒，半是競爭心——既然如此，也只能努力當上主編，絕對不能輸給他們——

高梨點了一根菸。菸灰缸裡堆滿菸蒂。整體而言，現在每天抽菸的量倒是比以前增加了。睡覺吧。他關掉一群半裸的女人在節目中瘋癲吵鬧的電視，房間陷入一片寂靜。

他準備站起來時，電話響了。

高梨大吃一驚，看向座鐘。已經半夜一點多。輪轉印刷機已經在印報紙了。

他跪著走到電話旁，拿起電話。

『我是手塚，不好意思，深夜打擾。』

手塚理繪打電話給自己？以前從來沒有發生過這種事。高梨的腦袋一片空白。

「怎麼了？」

『那個……地方版的內容有錯。』

有錯？

高梨的眼睛在半空飄忽。

「……什麼樣的錯誤？」

『不是有刊登攝影展的新聞嗎？那個已經結束了。』

高梨無法馬上理解她在說什麼，但是立刻變得口乾舌燥。

『喂、喂？』

「我在聽。」

『我看了稿子，上面寫著攝影展到二十五日為止，但是過了十二點的現在，已經是二十六日了。也就是說，攝影展到昨天為止，今天已經結束，不是嗎？』

高梨握著電話的手顫抖著。

「妳等一下。」

他把包包拿過來，把裡面的東西都倒在榻榻米上。折成四折的地方版印刷樣稿。

他用肩膀夾住電話，動作粗暴地打開樣稿。

『須貝攝影個展到今日為止』。

他迅速瀏覽內容。

他覺得眼睛很痛——到二十五日為止——上面的確這麼寫。

自己搞錯了。那份稿子壓了兩天。第一次看稿子時，以為是「到二十六日為止」。鬼遮眼——資深的編務記者都這麼說。

高梨沮喪不已。

他回想起辦公室的景象。對了，自己在確認印刷樣稿時，就覺得哪裡不對勁。雙眼發現了這個錯誤，但是地方版的主編荒川打斷他的思考。荒川拿芭蕾的稿子來，導致他分心了。不，都是Y分社湯澤的錯，竟然這麼晚才把地方版的稿子送過來，最後只好重新組版，匆匆忙忙送印，而高梨和編務部的主編蒲地都沒有發現這個錯誤——

高梨握緊電話。

「報紙呢？」

『已經在印了。』

他最後的希望破滅。輪轉印刷機已經開始印刷。

『我回家之後，看了印刷樣稿才發現。那個……我沒有告訴任何人。』

高梨這時才發現，理繪說話時，沒有平時的調侃語氣。

『說不定沒有任何人發現。畢竟是地方版，而且篇幅又這麼小。』

沒有任何人發現……

高梨覺得這句話既像是出自天使之口，又像是惡魔呢喃。

高梨掛上電話。

紙拉門打開，咲子浮腫的臉探了出來。

「怎麼了？」

「沒事，妳趕快睡吧。」

紙拉門關上後，高梨把印刷樣稿放在桌子上。他又看了一次那則新聞的內容。

不，他看了沒幾行，拳頭就打在桌子上。

——那個女人說話真不負責任。

攝影展昨天已經結束，報紙上卻刊登出今天才是最後一天的新聞。有人看到早報上的這則新聞，跑去會場參觀，然後就會打電話到報社抗議。怎麼可能沒有任何人發現？他其實很希望可以相信理繪說的話，因此更加生氣。

高梨躺成大字形，左思右想，思考很久。

要不要打電話給蒲地主編……

深夜一點半。蒲地主編應該已經離開辦公室了，他從報社開車回家，不需要十分鐘。自己只要打電話道歉就好。與其坐立難安到早上，還不如今天晚上道歉，了結一樁心事。關於看錯日期，高梨當然要負大部分責任，但蒲地的責任並不小，看印刷樣稿時沒有發現錯誤，決定送印。

不……

正因為蒲地也有錯，也許現在反而不該打電話。雖然蒲地看起來很溫和，但這個人很難纏，很會記仇。一旦認為高梨害他丟臉，經過一整晚後怒氣可能更強烈。還是明天去報社後，馬上向他道歉？或是一大早再打電話給他道歉？

他的內心浮現另一道陰影。

被報導的人又會說什麼……

高梨坐起來，再次看向攝影展的新聞。攝影師須貝清志，四十三歲……『邂逅彩虹和白雲的那一刻』……旭之丘町的「旭」畫廊……

這代表須貝清志和「旭」畫廊的老闆都會向縣民新報抗議，除此以外，還會有讀者的投訴電話。十個人？還是五十個人？或是一百個人？高梨無法預估在地區版刊登消息後，會吸引多少人去參觀。

他覺得應該不至於引起軒然大波。

雖然須貝清志自稱是攝影師，但幾乎默默無聞，這種人開攝影展，只有親朋好友會去參觀。如果是這樣，無論報紙上有沒有刊登攝影展的消息，會去看展的人原本就知道展覽期間。

但是，還是很難說，無法猜想有多少人看了『邂逅彩虹和白雲的那一刻』這個展覽名稱後，會受到吸引，真的去參觀。

高梨躺入被子裡，但仍輾轉反側。編輯局的人接投訴電話接到手軟的景象，就像「超出組版範圍」的警告，在他的視網膜上不停地閃爍。

3

上午八點。高梨開車來到位在旭之丘町的「旭」畫廊。其他店還沒有開始營業，因此他手上的是在便利商店買的仙貝禮盒。

「旭」畫廊同樣還沒有開始營業。老舊的建築物很難稱為畫廊，感覺只是以前的小文具店直接用來展示作品。從地址就知道地點很偏僻，高梨猜想搞不好老闆就住在同一棟房子，因此一大早就來這裡，可惜他猜錯了。老闆顯然並不住在這裡。

入口的玻璃門有一道斜向的裂痕。他想觀察裡面的情況，因此把臉貼上去，鼻子幾乎碰到了玻璃。牆上掛著好幾幅裱框的照片，因為心裡有數，所以知道那是彩虹與雲朵的照片。老闆似乎打算今天再把相片撤下來。

高梨重重地吐了一口氣。

不知道「旭」是九點開始營業，還是十點？

電話簿上找不到須貝清志這個名字，聯絡不上他。高梨曾經想過打電話給寫那則新聞的記者，打聽須貝的電話，但這等於主動宣傳自己的失誤，於是打了退堂鼓。

另一方面，高梨尚未向編務部的主編蒲地報告這件事。不知道能不能自己大事化小小事化無，不要被主管知道。高梨也對自己事到臨頭還在垂死掙扎感到傻眼無力。

先回報社再說。高梨決定之後，坐上車子。如果須貝或是畫廊的老闆訂閱縣民新報，可能已經從家裡打電話去報社抗議了。

他不自覺地用力踩下油門，九點之前，就來到報社大樓。他搭電梯來到五樓，走在走廊上時，就已聽到極為嘈雜的聲音。

一走進編輯局，眼前的一切讓他產生既視感。那是他昨晚在床上看到的景象。電話鈴聲不斷，值班的記者和編輯部的行政人員都臉色鐵青地忙著應對。沒想到局長和副局長這些幹部這麼一大早都來了。

高梨愣在原地，雙腿無法動彈。

旁邊桌子上的電話響了，行政人員沒好氣地瞪了他一眼。高梨慌忙接起了電話。

『喂，你們新報是小田切的爪牙嗎！』

男人氣急敗壞的咆哮聲傳入耳朵。

小田切……爪牙？

高梨大吃一驚。過了一會兒，才想起「小田切」這個名字。

他是Y市市長競選的候選人之一。是革新派的現任市長，這次要挑戰三連任。

「呃，請問有什麼指教？」

高梨以反問對方來拖延時間，然後用另一隻手把今天的早報拿過來。市長選戰的報導在頭版的上方——

『王八蛋，竟然還問我有什麼指教！增井的經歷寫錯了啊！』

「增井」是保守派的新人，是有力的競爭對手。

「哪裡寫錯了？」

『大錯特錯啊，增井是昭和三十九年（一九六四年）出生的！』

高梨停止眨眼。報紙上寫的是「昭和三十年出生」。

候選人的出生年分搞錯了——

是Y分社的湯澤寫錯了嗎？還是主編或是在編務部的編輯作業過程中，漏掉了「九」這個字？無論是哪一種情況，都是絕對不該發生的疏失。報社在報導選舉新聞時都會異常小心，尤其是同時報導相互競爭的候選人時，報導雙方的篇幅必須完全相同，同時要仔細斟酌照片拍得好不好看。因為熱情的支持者很容易失控，會為一些芝麻小事抗議。一旦懷疑報社偏袒某一方候選人，就會失去公信力。之前曾經有地方報社被貼上「立場偏頗」的標籤後，導致經營出現重大問題。

「非常抱歉。」

高梨帶著滿滿的歉意說道。畢竟，縣民新報在一夜之間，讓這個以年輕為賣點投入選戰的候選人老了九歲。

『道歉就能夠解決嗎？明天要在報紙上更正，篇幅要夠大！』

報社應該會接受對方提出的要求，只不過對報社來說，「更正啟事」是莫大的恥辱。高梨無法自行決定要不要刊登。

「我會向主管報告，做出最妥善的處理，敬請原諒。」

高梨在說這句話時，蒲地矮小的身體從他身旁跑過去。蒲地彎下腰，頻頻鞠躬跑向局長的辦公桌。蒲地當然會被叫過去，他得要為沒有發現錯誤負起責任。

電話中的男人仍然大聲咆哮。高梨不停地道歉，腦袋卻在想其他事。

他內心鬆了一口氣。和選舉報導的失誤相比，默默無聞的攝影師展覽被弄錯，那根本不足掛齒。即便有人打電話來抗議，也會被眼前的混亂淹沒，或許可以躲過責任追究。

不……恐懼再次湧上心頭。此刻，局長以下的所有人都殺氣騰騰，如果發現早報上還有另一個錯誤，有可能變成火上澆油？高梨的疏失反而會被放大，把他逼入無可挽回的狀況——

總之，下午一點才需要來上班的高梨在這裡接投訴電話很不自然，他對著電話中聲音已經變啞的男人再次道歉後，掛上電話，逃離編輯局內的喧鬧。

4

上午十一點時，高梨再次來到「旭」畫廊，這次他準備了知名和菓子店的禮盒。

玻璃門敞開著，入口放著一張雕花的古董桌，上面有幾張印著彩虹照片的邀請函。『邂逅彩虹和白雲的那一刻』。外牆上掛著一張彩虹的裱框照片，還有一張看起來像是須貝清志的半身照。高梨覺得看到了一線希望。今天也有展覽，那麼說來，展期延長了嗎？

高梨充滿期待地走進去，一個下巴留著鬍子的中年男人坐在後方的圓桌旁抽雪茄。高梨猜想他就是老闆。

「打擾了。」

高梨鄭重地向老闆打招呼。

「歡迎光臨，請隨便參觀。」

「啊，不是的，其實我是——」

自我介紹說姓吉田的老闆一聽高梨是縣民新報的人，豪爽地笑了。

「啊呀呀，真是服了新報，託你們的福，我今天又得在這裡耗上一整天了。」

高梨被他的笑聲感染，跟著笑了。喜悅化作顫動，傳遍全身。

「那麼今天會繼續展覽嗎？」

「沒辦法啊，誰叫堂堂的新報延長了展覽期間啊。」

「太好了。」高梨的真心話脫口而出，「啊，這個請你收下，不成敬意，是我的一點賠罪心意。」

「真不好意思，還讓你這麼費心。」

「哪裡的話！你簡直是我的救命恩人，真的幫了我一個大忙。」

高梨發自內心表達感謝，但隨即又忽然擔心起來。

「請問是不是有客人看了我們的報導，上門參觀，吉田先生才不得不延長？」

「不是不是，我家裡正好有訂你們新報，是看了報紙才決定這麼做的。不過啊——」吉田又笑了，「我十點開門，但直到剛剛，也才來了個不起眼的大叔呢，看來好像沒什麼人看新報啊。」

如果不是現在，高梨一定會感到失望。

「對了，吉田先生——」還有另一件令人擔心的事，高梨問：「須貝先生那邊……」

「喔喔，他應該不知道，我聯絡不到他。昨天的慶功宴上他喝多了，可能還在家裡睡得不醒人事吧。」

「如果他知道我們的疏失，心裡一定會很不舒服吧？」

高梨試探著，吉田在臉前搖著手。

「我覺得不會。他的個性很乾脆，我想他搞不好會很高興。他昨晚還在抱怨，記者跑來採訪，結果報紙上卻沒有刊登。」

「不好意思。」

「沒關係啦，雖然晚了點，但終究還是有刊登嘛。」

吉田心情愉快地說完，又繼續笑著。

吉田說，他和須貝清志是高中同學。吉田身材有點發福，鬍子花白，高梨原本以為他五十多歲，但既然是須貝的同學，代表他只有四十三歲。

另一方面，從掛在門口的獨照來看，須貝這個人，與其實際年齡相比顯得相當年輕，是個五官輪廓深邃的帥哥。古銅色的肌膚像是特地去日曬沙龍曬出來的，還戴著一條金項鍊。無論是那身打扮，還是緊盯著攝影鏡頭的眼神，不難想像是一個很自戀的人。

「須貝先生是什麼樣的人？」

高梨打算等一下去須貝家道歉，心想至少該先大致瞭解一下對方的背景。畢竟，不能因為吉田一笑置之，就認為須貝也會是同樣的反應。

「就和他的照片一樣，他說自己在追逐彩虹。」

「啊？」

「他整天都在追夢。雖然他自稱是攝影師，但其實只是十九歲的時候，曾經在小眾的攝影雜誌上獲得鼓勵獎而已。」

高梨看向牆壁。二十張裱框照片從不同的角度拍攝彩虹和白雲的各種組合，要將不知何時、何地才會出現的彩虹收進鏡頭裡，肯定要歷經千辛萬苦。然而，確實沒有一張照片能讓人眼睛為之一亮，讚嘆「就是這張！」。若要用一句話來評價，那大概就是「尚未達到專業水準」。

高梨將視線移回吉田的臉。

「他除了拍照以外，還有其他工作嗎？」

「這就是問題所在。」

須貝雖然已經四十出頭，但目前仍然沒有固定職業。每次只要稍微存了點錢，就出門去拍照。他獨自住在死去的父母留給他的破房子裡，結過三次婚卻都離婚收場。即便如此，身邊總是會有四、五個自稱是須貝粉絲的女人，因此那些裱框的彩虹照片銷路還不錯。

「他就是那種典型的沒辦法和女人一起生活的萬人迷。」

吉田笑得更大聲了。

高梨告訴吉田，自己想去須貝家道謝，吉田遞給他一張和放在門口相同的邀請函，原來上面寫著「工作室」的地址就是須貝的住家。吉田說，須貝欠繳電話費，電話被停話，只能用手機聯絡。吉田當場打過去，但是手機沒有通。吉田又試了幾次，結果還是一樣。

高梨鄭重道謝後，離開了「旭」畫廊。

無論如何，他決定先去須貝家。開車不到十五分鐘的距離。他在離神社不遠的冷清小巷內，找到符和吉田所說的老舊木造兩層樓房子。

院子沒有大門，從小巷向裡面走個幾步，就會來到玄關前。從門口掛的羅馬拼音名牌，確認是須貝的住家。這棟房子似乎整修過，只有玄關的門是西式的，而且看起來比較新，門上的插入式信箱露出一截報紙。正是縣民新報。報社的高層若是聽到須貝雖然電話被停話，不過仍然持續訂閱報紙，應該會高興得拍手。

他按下門鈴，但沒有人應答。

高梨又按了一次門鈴，然後豎起耳朵。固定門鈴的螺絲鬆了，電線已然外露，但是他確定屋內確實有鈴聲響起。

須貝不在家嗎？還是在睡覺？

高梨收回放在門鈴上的手。吉田說，須貝昨晚喝了很多，如果把他吵醒，惹他生氣就得不償失了。但是，高梨不能就這樣回去。須貝的信箱裡塞著縣民新報，如果他睡醒之後看到那篇報導，然後打電話去報社抗議，那就完蛋了。

高梨拿出手機，再次打給須貝。手機還是無法接通。不知道是關機，還是在收不到訊號的地方……

靠馬路的落地窗拉上深色窗簾，無法看到屋內的情況。高梨打量四周，屋簷下停著一輛機車，如果這是須貝的交通工具，代表他還在睡覺。

不……他昨晚既然喝了不少酒，那就未必會回家，搞不好和哪個女粉絲一起去飯店了。高梨不由得這麼想像。

他看了一眼手錶，十二點二十分，差不多該去報社了。

他想要留一張字條，於是摸摸口袋。雖然胸前的口袋裡有筆，但他現在已經沒有隨身帶便條紙的習慣，也沒有帶名片。在日常生活中，並不會遇到報社以外的人，因此一整盒名片都放在辦公桌的抽屜裡。他想起皮夾裡還有一張以前當外勤記者時的名片。雖然一直覺得自己不乾不脆，還在留戀過往，又想著「萬一」有需要時或許能派上用場，便一直沒把它扔掉。他在那張名片的背面，動筆寫下幾句話。

『為您造成極大的困擾，在此致上萬分歉意。一切的責備，將由我一人承擔。請您直接與我聯絡。』

他用橫線刪掉了駐紮在機關時使用的記者室電話，在報社電話旁，寫了編務部的內線號碼。

高梨想到一個方案：他把信箱裡的縣民新報抽出來，翻開地區版那一頁，把名片夾進去，再小心折好，塞回信箱。

好了。

他覺得萬無一失。

倘若須貝外宿沒有回家，很可能回家後，或是透過「旭」畫廊得知報導的事。這兩邊都已經佈局好了。

高梨發動汽車。

他很自然地露出笑容。報社內部如今一片混亂，不可能有人發現地區版標題的錯誤。報社內只有自己……還有手塚理繪知道這件事。

呵呵呵。高梨想起手塚理繪瞇成彎月的含笑眼睛，原本臉上的笑意，也被那畫面取而代之，慢慢褪去了。

5

編輯局內的氣氛很沉重。

抗議的電話仍然持續不斷，主編和行政人員一直接電話會導致工作停擺，於是就找了五名外勤記者回來應對，都是剛進公司一年的菜鳥記者，Y分社湯澤那張通紅的臉也在其中。

「就是那傢伙寫錯的。」

坐在旁邊的串木小聲對高梨說。

湯澤就是犯錯的元凶，因此被安排在編輯局中央「示眾」。高梨沒有發表意見，把版面分配表攤在桌子上。他決定今天要盡可能保持低調。

坐在對面的手塚理繪沒有在座位上。意味著她今天兩點才會進報社。高梨正在這麼想，耳邊感受到熱氣。

「好像還沒有被發現。」

高梨突然聽到這句話，整個人都僵住了。理繪的笑臉就在眼前，但她很快就轉身離去，甩著一頭飄逸的長髮，走向主編的座位，去拿今天負責的稿子。

高梨決定解決心頭的大石。

理繪走向她的座位時，他站起來，在主編的座位和編務部辦公區中間對她說：

「妳可以過來一下嗎？」

「什麼事？」

「先別問這麼多。」

高梨走出編輯局，理繪保持一小段距離，跟在他身後。高梨帶她來到一樓自動販賣機前，一起坐在椅子上。

理繪一臉嚴肅，看起來好像在生氣。

「對不起。」

「什麼事？」

理繪的聲音很僵硬。

謝謝妳沒有把我的疏失告訴別人。如果這樣直截了當地說出來，只會讓理繪得意。

高梨努力擠出笑容說：

「妳有沒有想吃什麼？」

「啊？」

「什麼都可以，高級餐廳也可以。」

「……」

「怎麼了？妳說說妳喜歡吃什麼。」

理繪把頭轉到一旁。她閉上眼睛，當她睜開眼睛時，眼眶有點濕潤。

高梨嚇了一跳。

「妳、妳怎麼了？」

理繪像是要推開高梨伸出的手似地彈起身，隨即拔腿跑上樓梯。高梨慌忙追上去，但理繪衝進了女廁。

高梨無可奈何，只能回到自己的座位。

串木笑著對他耳語：

「小倆口不要吵架啦。」

「啊？」

「職場不可以外遇。」

「白痴喔，不知你在胡說什麼。」

「你才是白痴，手塚一直對你有意思。她不是整天都故意說一些嘴賤的話，在你身邊打轉嗎？」

高梨從來沒有想過，手塚理繪竟然喜歡自己？

我沒有告訴任何人——

高梨想起她昨晚在電話中的聲音。

理繪並不打算告訴任何人，但是，高梨試圖封她的口。不，是想要用美食收買她。

理繪在三十分鐘後，回到自己的座位。

她用力抿著嘴，始終沒有抬起頭。

高梨感覺背脊一陣惡寒。

理繪的脾氣很火爆，全編輯局內的人都知道，如果串木說得沒錯，那麼高梨簡直是用最糟糕的方式踐踏了理繪對他的好感，難以預測她接下來會做什麼。

會不會抖出秘密？

高梨坐立難安，他試著讓自己全神貫注在版面工作上，但理繪就坐在正對面，就算不想看，也還是會映入眼簾。

到了傍晚五點，甚至七點多，理繪仍然沒有說話。他從來沒有以異性的角度看待過理繪，正因如此，她更顯得難以捉摸。高梨覺得面無表情地看著編輯器的她，就像能劇面具似的，簡直是顆危險至極的炸彈。

快到八點，截稿的壓力開始在腦中閃現時，眼前的電話響起，高梨咂咂舌，拿起聽筒——腦子已經切換模式，準備好要應付製版部門的催促。

『我是須貝。』

他一時沒反應過來。他的注意力全被理繪的狀況佔據，腦中其他的不安早就像被擠壓出來似的全排空了。

『我看到名片，所以打了這通電話，你就是高梨嗎？』

「啊！」地一聲，高梨叫了出來。是彩虹攝影展的須貝清志——

「沒、沒錯，我就是高梨。」

『你可真是幹了件好事啊。』

對方聲音裡滿是敵意。

高梨用手捂住話筒，壓低聲音。

「您說得完全沒錯。我實在是萬分抱歉，不知道怎麼表達歉意。」

『不，得好好道歉才行。』

高梨聽到這句話，心跳猛然加速。

「那麼我該怎麼……」

『在明天的報紙上刊登更正啟事。』

高梨的腦子猛地一陣暈眩。

「不，這恐怕有點……」

『怎麼，不打算登了是吧？』

「我不是這個意思，只是不知道要怎麼刊登……畢竟個展已經結束了。」

『那又怎樣？你們寫錯了，當然要更正才對。』
高梨一時語塞。
他的個性很乾脆，我想他搞不好會很高興——「旭」畫廊的吉田先生完全猜錯了。
「我會親自到府上，九點之後就能過去。」
『不用你來！話說回來，你為什麼說話這麼小聲？』
對方戳到高梨的痛處。
「不好意思……因為這裡是辦公室……」
『你是什麼職位？』
「啊？」
『應該有什麼職稱吧？課長或是股長之類的。』
「喔，是，有的，雖然不會這麼叫，但目前是股長的待遇。」
『那就叫你的上司來聽電話啊！』
高梨的腦袋又是一陣暈眩。
「還請您多多包涵。這件事由我負責。」
他察覺到周遭的同事都在看著這裡，連忙縮起身體。
「總之，我會親自過去拜訪您的。」

『我就說了不用！快叫你上司來聽。不叫是吧，那我就去報社找人！』

——萬事休矣。高梨閉上眼睛。

自己的疏失要曝光了，而且自己還曾經試圖努力隱瞞，這也會被發現。

高梨睜開眼睛，看向編務部主編辦公桌。蒲地低著頭，滿臉疲憊。由於選舉報導的錯誤，蒲地被高層罵得很慘——

他向蒲地打聲招呼，然後把電話轉過去。他發現自己的手指在顫抖。

他們不知道在電話中聊了多久。對高梨來說，那彷彿是無止境的漫長時間。

「高梨！」

蒲地掛上電話後站起來，怒髮衝冠。

「你這個王八蛋，到底在搞什麼！」

高梨立刻起身。

「對不起……」

「你馬上去他家！去給我下跪磕頭，無論如何都得說服他放棄刊登更正啟事的要求！」

「但、但是……組版還……」

「你的編務這麼爛，不做也罷！就交給手塚處理，她組的版會比你好一百倍——

趕快去！」

高梨跌跌撞撞地離開辦公桌前。他不敢看理繪。不管是幸災樂禍還是擔心，無論她露出什麼樣的表情，高梨都不想看。

他驅車在夜晚的縣道上飛奔。

不到三十分鐘，就來到須貝的住家。

兩層樓的房子所有窗戶都暗成一片，信箱裡的縣民新報消失了。高梨按了好幾次門鈴，都沒有人應答。

屋簷下的機車仍然停在相同的位置，屋內似乎沒人。須貝可能步行去喝酒了，或是有人開車來接他，不能排除這樣的可能。

他用拳頭敲著門。

他用力敲了好幾次。

兩層樓的房子靜悄悄的。

須貝的手機也打不通。高梨一直等到深夜，一直等到早報的截稿時間，但須貝仍然沒有回來。

隔天早上，縣民新報的早報上刊登了兩則更正啟事。但是——

事情並沒有結束。

6

十天後。

自稱是攝影師的須貝清志被人發現陳屍在家中的客廳。

接近中午時，兩名刑警來高梨家，他才知道這件事。刑警要求他以關係人身分去轄區警署說明情況，他接受了整整一天的偵訊。須貝家的客廳桌子上有高梨的名片，高梨雖然一五一十地說明來龍去脈，但刑警似乎覺得還沒有問夠。

晚上八點多，他才終於結束偵訊。跑警政線的組長久保木在警署後方等他。

「我是嫌犯嗎？」

一坐上副駕駛座，高梨便將鬱積的怒氣一股腦地發洩出來。腦子裡一片混亂——他甚至連對須貝的死感到震驚的餘裕都沒有，就被迫在堅硬的鐵管椅上坐了超過八個小時。

「警方說你只是關係人，我已經向一課和公關室打過招呼，不要把消息透露給其他媒體。」

久保木冷靜世故地說完，將車子開出去。他比高梨小三歲，以前在跑體育線時，他們曾經一起工作過。

「已經完成解剖了吧？須貝是什麼時候被人殺害的？是用什麼方式殺害他？」

他在偵訊室內已經不下數十次向刑警拋出這些問題。

「目前推測他的死亡時間是七到十天前，胃裡沒有任何東西，推測距離他最後一次進食已經很久了。行凶手法是扼殺，雙手從正面掐他的脖子。」

久保木與生俱來的冷靜，仍然無法讓激動的高梨平靜下來。

「十天前，就是我去須貝家的那天嗎？所以警方才會懷疑我嗎？我並沒有見到他，他不在家。他也許在家，但是至少沒有開門。王八蛋！」

「警方說你只是關係人。」

「我全都照實說了，結果有一個條子——他姓山瀨，你認識他嗎？」

「不，我不認識他。」

「他們居然敢說『你跟被害人之間有糾紛吧』。我的確是跟他有糾紛沒錯，但會有人為了刊不刊登更正啟事這種事就去殺人嗎？不可能吧。」

「警方說你只是關係人。」

「有鎖定的嫌犯嗎？」

「警方傳喚了幾個女人。」

「對啊，聽說他隨時都有好幾個女人——啊，這個十字路口要右轉。」

高梨告訴久保木，但是久保木沒有右轉，繼續直行。

「上面交代，要先回報社。」

「我也要去嗎？」

「對。」

「為什麼？」

高梨很想趕快回家，好好泡一個澡。

「因為要我和你合作寫稿。」

寫稿？

高梨看著久保木的側臉。

「這是什麼意思？」

久保木看著前方。

「警方沒有公布消息，因此其他報社並不知道這件事——你在那天晚上和須貝清志通過電話，也就是說，只有我們能夠報導『他在二十六日晚上八點之前還活著』，或是『八點之後遇害』之類的。」

高梨覺得好像全身被澆了一盆冷水。

從那天起到現在整整十天，他在報社簡直如坐針氈。編輯局所有人都知道他出了錯，而且試圖隱瞞。這無可奈何，只能說是自作自受。但是，他無法忘記蒲地對他說的話。蒲地當著所有人的面，對著資歷十六年的高梨，斷言他的能力比不上進公司才第二年的手塚理繪，將他貶得一文不值。

高梨顏面盡失、無地自容，認真考慮過辭職的問題。上面那群主管應該察覺到高梨的內心煎熬。然而，當他們一發現高梨所犯錯誤的「副產品」能變成獨家新聞時，卻命令剛接受超過八小時偵訊的他立刻回報社去。

「不好意思。」

久保木突然開口。

「啊？」

「我也覺得很過分。」

剎那間，他全身的力氣彷彿被抽乾了。一股巨大的虛脫感，逐漸吞噬了他的憤怒。可不是嘛。自己既不是記者，也不是編務，只是一個公司職員罷了。

報社大樓的燈光就在前方。

高梨嘆了一口氣。

「久保木——那就來寫吧，請你協助我。」

7

他們兩個人窩在六樓的值班室。

「什麼時候發現他遇害？」

高梨翻開筆記本問。久保木翻著記事本。

「清晨的時候，一個女人發現的。」

「女人？」

「對。名叫石野智惠子的女人，她用手機匿名向一一〇報案後，回到了自己家裡。因為她沒有隱藏手機號碼，很快就查到了她的身分。她和須貝搞婚外情，有須貝家的鑰匙。」

「既然這樣，那個女人應該就是凶手吧？」

「被害人是被人從正面扼殺，女人應該很難做到。」

「那就是她的老公。」

「她老公有不在場證明，從二十六日傍晚，去札幌出差四天。」

「那會是誰？」

「現階段完全沒有頭緒。」

「有沒有被偷走什麼東西？」

「凶手並沒有翻箱倒櫃的痕跡，但是找不到須貝的手機。」

「凶手帶走了嗎？」

「不知道。」

高梨記錄之後，抬起頭。

「從死亡時間推測，凶手是在須貝和我通電話之後，到二十九日期間殺了人，對不對？」

久保木歪著頭。

「應該是掛上電話之後，到隔天早上之前。」

「你為什麼這麼肯定？」

「因為二十六日的新報在客廳，就是……」

久保木結結巴巴，高梨接話。

「是不是翻開刊登他個展新聞的地方版？」

「對，你夾在報紙裡的名片也在客廳的桌子上，但是，二十七日之後的新報都掉在玄關內側。」

「因為他沒有從信箱拿報紙。」

「應該是無法拿報紙。」

「那時候他已經被殺了。」

「對，也許……」

久保木露出沉思的表情。

「怎麼了？」

「你在和須貝通電話之後，不是去了他家嗎？」

「對，我去了。」

「他家裡黑漆漆的，你按了門鈴，完全沒有人應門。」

「沒錯。」

高梨在回答的同時，感到背脊發涼。

久保木的意思是說，須貝在晚上八點打電話到縣民新報後，在高梨去須貝家之前遭到殺害——

高梨突然有一種不對勁的感覺，和那天看印刷樣稿時的感覺很相似。

久保木將他的注意力拉回來。

「你那天到須貝家時幾點？」

「不到三十分鐘就到了，我記得還不到九點。」

「三十分鐘……有辦法殺人。」

「絕對夠了。」

「那我——」

久保木突然起身。

「你要去哪裡？」

「去警署長官的家門口等人，我很好奇石野智惠子的偵訊情況。」

「稿子呢？」

「拜託你寫一下。」

這則獨家新聞的主筆正是該案主角之一，希望高梨藉此洗刷污名——這可能是久保木的一番心意。

值班室內靜悄悄的。

久保木留下案件概要的影本和筆電。

高梨坐在電腦前。他不知道已經有多久沒寫命案的新聞了。

雖然是獨家新聞，但是他完全沒有興奮的感覺。沒想到這則新聞並不好寫，好不容易完成一半時，值班室的門打開了，手塚理繪帶著凝重的表情走進來，她拿著放有咖啡杯的托盤。

「要喝咖啡嗎？」

「好啊。」

這是十天來，他們第一次說話。

理繪準備走出去時，在門口轉過頭。

「之前那件事，真的很抱歉。我有點自覺了。原來我是一個討人厭的女生。」

她彎月形的眼睛瞇了起來，但看起來不像在笑。

「你很適合寫稿，你果然是跑外面的人。」

高梨無法立刻理解她說的話。

他專心地敲打著鍵盤，寫完新聞稿後，又重看一次，然後拿起內線電話的聽筒，撥了理繪桌上的內線號碼。

『你好，這裡是編務部。』

「我是高梨，謝謝妳剛才的咖啡。」

高梨一口氣說，電話彼端一陣沉默。

『呃，我是金井，手塚小姐剛好離開座位。』

高梨立刻紅了臉，掛上電話。就在這時——

高梨突然很不安，那感覺，甚至近似於恐懼。他一時搞不懂為什麼會有這種感覺。

啊……

他的身體先是猛然一僵，緊接著，那份戰慄的源頭，化為清晰的語言，在腦海中奔騰起來。

——那通抗議電話真的是須貝清志打來的嗎？

高梨雙目圓睜。

他的個性很乾脆，我想他搞不好會很高興——當時認為「旭」畫廊的吉田猜錯了，但，如果那通電話是別人打來的呢？

二十六日晚上，高梨按門鈴時，須貝沒有應門。可能就像久保木說的，他已經死了。不過，白天的時候也是如此。高梨離開「旭」畫廊之後，前往須貝家，當時須貝依然沒有應門，屋內靜悄悄的。

因為，他當時已經死了……

高梨猛地一震，彷彿被什麼力量拖拽般，陷入了深深的思索之中。

8

三十分鐘後，高梨拚出一個故事。

於是打給久保木。

『什麼事？』

「石野智惠子的老公二十六日白天有不在場證明嗎？」

『他是那天傍晚之後才有不在場證明。』

「你先回來。」

高梨掛上電話，然後點上一根菸。

他明確相信一件事——自己被凶手利用製造不在場證明。

真相應該是這樣——

智惠子的丈夫懷疑她外遇，但是並不知道她外遇的對象是誰。他從那天刊登的個展新聞中，得知智惠子的情人就是須貝清志。「旭」畫廊的吉田說，有很多女粉絲會購買須貝的彩虹和白雲照片。智惠子應該也有，她的丈夫看過照片，因此一看到那天的新聞，便立刻恍然大悟。

智惠子的丈夫去了「旭」畫廊，就是那天唯一的客人——「不起眼的大叔」。他從邀請函上知道了須貝住家的地址，於是就前往須貝家。他質問須貝和自己妻子的關係。兩個人發生爭執，然後就在客廳發生命案。智惠子的丈夫並不是一開始就準備殺人，他並沒有帶刀子或是繩子之類的凶器，因此最後掐死了須貝。八成是這樣。

智惠子的丈夫殺人後六神無主，高梨白天去須貝家時，他還在須貝家中。他屏住呼吸，躲在柱子後方看著門鈴響個不停的玄關，看到外面的人從信箱中抽出報紙，然後又把報紙塞回去。等高梨死心離開後，他戰戰兢兢地翻開報紙，看到名片上寫著道歉的話。他在畫廊時剛好從吉田口中聽說縣民新報犯的錯誤，於是想到可以用來製造不在場證明。

那天晚上，他出差到札幌後，打電話到縣民新報。為了加深「須貝還活著」的印象，除了向高梨抗議以外，還要求蒲地接聽電話，甚至要求刊登「更正啟事」。這可以留下須貝打過這通抗議電話的明確證據。這就是他的意圖。

高梨抬起頭。

走廊上奔跑的腳步聲越來越近。

——讓久保木來寫這則新聞吧。

跑外面的人……

想獨攬功勞的念頭未曾浮現，取而代之的，是腦中冒出了一條標題——

『發覺妻子外遇而痛下殺手』。

他咂著嘴。

這標題乏味呆板，索然無味。手塚理繪又會嗤之以鼻。高梨看著眼前的咖啡杯，忍不住苦笑起來。

秘書課的男人

1

上午九點半過後。

雖然聽到動靜，但並不是開門的聲音。知事室的「在內」和「會客中」的燈仍然亮著。

倉內忠信再度低頭工作，繼續檢閱放在辦公桌上的民眾投書。檢閱民眾投書和文件批示都是他每天早上優先處理的工作。

民眾寄給知事的投書必須經過知事辦公室秘書課的檢閱，擔任參事兼課長的倉內，從公關民意股的職員前一天篩選過的民眾投書中，挑選出幾封要給知事看的投書。縣知事是行政首長的同時，也是政治人物，選民的一句話，有可能成為一天的維他命，也可能變成刺激過多胃酸的異物。

『請為了孩子，早日完成昆蟲森林公園。』

這封投書很不錯，「老闆」會喜歡。

『昆蟲森林公園』的建設計畫在今年春天的初期預算中，已經編列了調查費。開始執行的計畫若獲得縣民的支持，會讓執行預算者更有動力。

『強烈希望片山地區的巴士繼續營運。』

雖然很值得同情，但這封不行。

農村的共乘巴士業務累積赤字已經成了無底洞，無論投入多少補助金去維持巴士的營運，都只有少數沒有交通工具的老人會搭乘。老闆在競選中明明曾經提出會推動基礎建設整備，他若看到這種投書，心裡會很難堪；而且老闆心很軟，這種類型的投書都會讓他難過。無論如何，這都不是新的一天開始之際，必須向老闆報告的事。

『縣政府的公務車都必須改用電動車，就算無法立刻進行，至少要改成低污染車輛。』

倉內輕輕點點頭。這是今天早上的最佳投書，簡直太及時了。老闆喜歡這種有建設性的建言，在他和各局處的聯絡調整會議上，經常討論公務車的更換問題。

「課長——」

叫他的聲音和高跟鞋的腳步聲同時響起，蓮根佐和子皺著眉頭走過來。她和倉內同年，今年五十二歲，七年前開始成為辦公室的約聘秘書，負責管理知事的行程。她以前是縣立女子大學教鄉土史的兼職教師，在老闆第一任當選後的某次報社三方對談時，被老闆挖角進入辦公室。

「裡面還要很久嗎？」

佐和子的聲音帶著一絲焦躁，輕輕指向知事室的門問道。九點五十分。知事預定出席的環境衛生同業工會年度總會將在十點半開始開會，因此她開始在意時間。

「我想應該差不多了……」

倉內模糊地回答。

赤石縣議員剛才說了聲「打擾一下」後，走進知事室已經三十分鐘。明年是縣知事的選舉年，老闆已經決定要挑戰第三屆連任，和縣議會最大派系「誠心會」大老的密談當然很重要。有消息傳出，和誠心會抗衡的縣議會第二大派系「一新會」正在物色有力的競爭對手。

「衛生工會之後有什麼安排？」

「要和醫師會的真田會長一起吃午餐——一點半要為一百公里徒步賽起跑鳴槍——」

佐和子沒有翻閱手上的記事本，就流利地說出知事的行程。兩點半是縣民音樂廳的動土儀式。三點參加公安委員的任命儀式。四點參加國際交流協會職員的送行會。五點參加特產品試吃會——

知事八點之前的行程都排得滿滿。知事身上有近一百個公職頭銜，很多團體都希望安排知事出席這個「形式」，所以老闆根本沒有節假日。

「由誰陪同參加和真田會長的午餐？」

「是桂木。」

倉內內心有點不是滋味。

倉內瞥了一眼辦公室深處。在大約十名秘書課職員的另一頭，穿著一身時髦黑色西裝的桂木敏一，正滿面笑容地在講電話。桂木是政策研究專員。波士頓大學畢業。三十五歲——

倉內轉頭看著佐和子。

「記得提醒他，吃完飯之後要馬上叫老闆吃胃藥，老闆最近胃不太好。」

「我知道。」

「健康檢查安排好了嗎？」

「知事說不需要。」

「嗯，我再去勸勸他。有辦法安排日程嗎？」

「下個月的十日到二十一日期間可以，但是沒辦法過夜。」

「那就請妳預約十日去醫院檢查。」

「好。」

倉內伸長脖子。因為他看到佐和子後方有一張熟面孔。一身灰色工作服的男人走了進來，是『牧野電子』的社長牧野昭夫。

「有什麼事嗎？」

倉內主動向他打招呼。他發現牧野一頭白髮十分凌亂，看起來很不尋常。

「我想找知事。」

牧野雙手放在倉內的桌上說。他瞪著眼睛，肩膀起伏，用力喘著氣。

「如果你遇到什麼問題，我可以處理。」

倉內說了這句每天會重複好幾次的話後站起來，伸出手，以表情示意牧野去另一個房間。

「不，我想找四方田知事——」

「來，這邊請。」

秘書課就像是「關卡」。倉內輕輕抓住牧野枯樹般的手臂，用空著的左手推開另一間房間的門。牧野重心不穩地走進房間後，立刻像洩了氣的皮球般，一屁股坐在沙發上。

「社長，發生什麼事了？」

倉內不敢怠慢。他雖然曾經在商工勞動部任職多年，在三年前的知事選舉中，才第一次把牧野的長相和名字對在一起。牧野是老闆的熱情支持者，讓一百七十名員工和他們的家屬都在選票上投下「四方田春夫」。

「還能有什麼事？」

牧野尖聲說道。

「倉內先生，你知道我們公司三年前進軍台灣的事吧？」

「我知道。」

「沒想到栽了大跟斗。我被騙了。」

「被騙了？被誰？」

「還有誰啊，當然就是七海，七海電子。王八蛋。」

不能讓他見到老闆。倉內立刻在內心做出決定。『七海電子』是N縣的核心企業，也是老闆選舉基本盤樁腳之一，有三萬名員工。牧野想要找這個大票倉的麻煩。

「你讓我見一見知事。」

「知事今天的行程都滿了。」

「只要一下子就行了。」

「不好意思，沒辦法。」

「那你幫我轉達。」

牧野交錯著指節粗大的雙手，探出身體。

「我對自家公司的產品很有信心，我們公司組裝的液晶模組是世界第一，但終究只是卑微的下游廠商，當我得知七海的LCD部門要進軍海外時，我嚇得發抖，以為再也接不到訂單了，所以，當七海那邊來問我們要不要參加海外設廠的候選競標時，我向銀行和信用金庫借了四億要去台灣。七海當時承諾會給予全面支援，還說在公司營運上軌道、能夠自負盈虧之前，會協助分擔成本，沒想到他們如今甚至不願支付我們公司直接購買的零件費用，無論怎麼低頭拜託，那些傢伙都——」

「請等一下。」

倉內打斷牧野。牧野的嘴角就像螃蟹一樣冒著白色泡沫。

「牧野先生，我知道你很生氣，但是，縣政府沒辦法解決你們和客戶之間的糾紛，那不是要由你們雙方自行溝通的事嗎？」

「雙方？倉內先生，你真是完全不瞭解狀況，如果我們有辦法溝通，我就不會來這裡了。他們根本是魔鬼，有辦法和魔鬼好好說話嗎？我希望知事告訴七海電子那個叫相澤的，要他不要欺負下游廠商，要好好培養。只要知事說句話，那傢伙就——」

牧野咂了一聲，將手伸進工作服口袋。他的手機響了。

他接起電話，皺著眉頭的臉扭曲起來。倉內立刻憑直覺知道，是關於籌措資金的事。

一張白色的信紙籠罩了倉內的視網膜。

只有三個字的遺書。謝謝你——

那個男人因為籌不到錢，上吊自殺了。

牧野站起來的動靜，讓倉內回過神。「我改天再來。」牧野失魂落魄地留下這句話，乾瘦的背影衝了出去。

倉內走出那個房間，回到課長的座位上，站在知事室門旁的佐和子問他：「什麼事？」佐和子並不是真心想知道，那雙神經質的小眼睛不停地看著「會客中」的燈和自己的手錶。

佐和子的念力可能真的有效，知事室的門突然打開。秘書課內頓時緊張起來。赤石縣議員把西裝搭在肩上，從容不迫地走出來。四方田知事那張油亮亮的臉探出來，然後就像叫計程車時一樣舉起手。

「你過來一下。」

倉內站起身，但是知事並沒有看他，而是看向倉內身後的辦公室後方。

「我馬上來。」

桂木用討好的聲音回答，隨著一陣腳步聲，合身的西裝身影經過倉內面前，走向知事室。

佐和子立刻插嘴：

「知事，如果不趕快出發，衛生工會的年度總會就要遲到了。」

「我只是交代公事，三分鐘就好。」

四方田不耐煩地說完，讓桂木進去之後，準備關上門。

倉內忍不住說：

「既然是交代公事，那我也——」

「你不用了。」

四方田在拒絕的同時，關上了門。

除了佐和子以外，其他人並沒有聽到他們簡短的交談。辦公室內的緊張氣氛消失，年輕的課員開始小聲交談。

你不用了……

倉內在椅子上坐下，低頭看著手邊的投書。他低頭看了很久，以免被人發現他臉上的表情很僵硬。

2

縣政府辦公大樓地下食堂內人滿為患。

倉內用托盤端著A餐尋找空位，很多職員都看了過來。那是看知事「影子」的眼神。有些人的眼神帶著一絲畏懼，有人擠出假笑，甚至有人不顧周圍的眼光，不停地鞠躬，慌忙起身為他讓座。

倉內食不下嚥。

自己惹老闆生氣了嗎？這個問號並沒有持續太久。老闆拒絕自己進入他辦公室時的眼神冰冷，這並不是第一次，前天曾經發生過類似的情況。當老闆外出回到辦公室時，自己向老闆打招呼，但是老闆沒有理會。再前一天，他們還一如往常地聊職棒和工作的事，所以雖然感到驚訝，但他以為老闆在外面遇到什麼狀況，因此心情不太好。

但是，當兩度被拒之門外，就必須認為原因在自己身上。

自己惹老闆生氣了。

不……

那不是生氣，而是嫌惡的眼神。

老闆討厭自己嗎？

他心情突然開始消沉。若真是如此，那自己究竟是因為什麼惹老闆反感？

「課長，我可以坐在你旁邊嗎？」

聽到說話聲，轉頭一看，林務部長室的統籌課長副手山村把裝了午餐的托盤放在桌子上，擠過來坐在倉內的旁邊。

「今天的晴朗天氣很舒服。」

「嗯……」

「植樹祭的知事致詞內容，課長看完了嗎？」

「不好意思，我還沒有看。」

「啊，不是的，我不是要催促課長，只是因為剛好看到你在這裡——」

山村聊了一陣子林務工作的難處之後離開了。他期待透過倉內的嘴，告訴知事他很「能幹」。有不少職員認為，秘書課長的意見就是知事的意見。

倉內把剩下超過一半的午餐放回自助回收檯，在茶杯裡加了茶之後，又回到桌子旁。他根本無暇去嘲笑山村。他自己現在正因為老闆一句「你不用了」而膽戰心驚。都已經五十二歲了……他自嘲著，但仍然無法消除內心不安的陰影。

他知道自己膽小怕事。從小就是這樣，他向來很順從父母和老師，但又很想出風頭，所以在小學時，曾經漲紅了臉，主動參選班長。雖然他想要成為班長的想法比別人強一倍，但現在回想起來，自己既沒有人緣，又缺乏號召力。久而久之，他對自己失去自信。只要遇到在讀書、運動、玩樂才能等方面比自己優秀的人，就會心甘情願地當對方的跟班。上了中學、高中後，他不再追求在某方面成為「第一」。一路走來，沒有發生任何戲劇性的事讓他脫胎換骨，青春期之後，他發現自己不是主角，而是襯托主角的人。

進入縣政府工作之後，他慢慢接受這樣的自己。強烈的個性並不一定受到歡迎，「效忠」是理所當然。身處這樣的職場，漸漸消除了他內心的自卑。不，在縣政府工作，他的膽小怕事、順從反而成為他的武器。他在稱不上是菁英部門的商工勞動領域工作多年，他的升遷總是比在其他部門工作的同期快半步或是一步。對倉內來說，「效忠」並不痛苦，反而經常充滿喜悅。贏得長官的信任，不出風頭，徹底扮演長官智囊的角色。四十歲後，他覺得這樣的生存之道最適合自己。

老闆賞識倉內這種態度。六年前，拔擢他進入總務部，兩年之後，又拔擢他成為知事辦公室秘書課長。按照慣例，室長的職位都保持空缺，所以倉內是知事直轄部門的主管，他終於能淋漓盡致地體會到「效忠」之道的妙趣。縣知事的權力強大，掌握了執行六千七百億圓預算的權限，掌管N縣五千八百名職員的人事，同時握有超過三千個項目的裁量權。自己在知事的手下工作，雖然無法成為人上人，但在輔佐知事的過程中，能夠一起感受只有人上人才能體會的辛苦和喜悅——

這四年期間，倉內盡心盡力效忠老闆。如何才能使老闆更順暢地處理工作——他所有的精力都投入為老闆打造這樣的工作環境，同時徹底研究了老闆：性格、思考方法、習慣、興趣、健康狀態，研究老闆身為縣知事的目標，以及想要完成什麼大業。

我們什麼都比別人慢一步——這是老闆的口頭禪。即使被人揶揄執政是只注重土木和建築的「土建行政」，他仍然認為整備基礎建設是當務之急。道路、鐵路、下水道。學校、醫院、公園、社會福利設施……一項都不可以放過。向中央政府請求預算時總是堅持不懈，而且有條有理，就連審核預算的官員都無力招架，為他取了「緊咬不放的四方田」這個綽號。他上個月滿六十七歲了，他曾經有飯店和百貨公司創業經驗，雖然目前交給他兒子經營，但他是一位來自民間的知事，善於將企業管理的思維應用在公共行政之上。他很有自信，有一點傲慢，有時候會強詞奪理，但是他個性很正直，也重感情、講義氣。

倉內熱愛這樣的老闆，也全心全意為老闆奉獻。他們是一起打贏第二任選戰的戰友。老闆很信任倉內，認為是自己的左右手。倉內就這樣一路效忠，為老闆賣命。但是——

倉內喝了一口茶。

正因為他和老闆之間的關係就像戀愛般密切，所以兩度被拒之千里，他當然感到鬱悶。老闆討厭自己了。也許真的是這樣。雖然不知道原因，但是他知道造成自己和老闆關係生變的「因子」。離開辦公室後，那張就像歌舞伎中男扮女裝角色的瓜子臉，就一直在腦海中揮之不去。

那就是桂木敏一。

老闆當初一句「想要一個有年輕思維的政策型幕僚」，人事課便推薦了桂木，吹捧他是「總務部的年輕王牌」，並在今年春天讓他加入了秘書課。他圓滑老練，在美國長期生活後回國，以第一名的成績從縣立N高中畢業，在波士頓大學讀政治系。他對自己的經歷並不會特別驕傲，和藹可親，無論男女都很喜歡他，而且他很快就融入了秘書課。只是在實務方面，並沒有像之前聽說的才幹。當初為了迎合媒體，增設「政策研究專員」的職位，不過很難說桂木表現出符合這個頭銜的工作成效。桂木同時兼任公關民意股的工作，所以平時幾乎忙於那方面的工作。但，沒錯——

桂木的確得到了老闆的青睞。

第一次和老闆見面時，桂木就談論了美國總統和州長在媒體曝光的策略。這些都是在日本已廣為人知的內容，並沒有什麼新意，但老闆似乎第一次聽說，之後就開始重視自己上鏡頭的表現，以及在公眾場合發言的節奏。

這根本是盲目崇拜。倉內產生這種擔憂。只要公務之間有空檔，老闆就把桂木叫進知事室。之前都是叫倉內進去，和他閒聊，稍微放鬆一下。

雖然倉內不願意承認，但是內心的鬱悶已經無從掩飾。那是對桂木的嫉妒。從春天開始就一直這樣。鬱悶漸漸膨脹，讓他感到痛苦不已。五十多歲男人的嫉妒，對年輕下屬的嫉妒……這情緒無法宣之於口，便像毒氣般充滿內心，持續污染他的心。

並不是桂木主動接近老闆，而是老闆變了心。只不過倉內內心的矛頭無法指向老闆，而是針對桂木。一旦把老闆視為責備對象，身為秘書課長的自己就無處可去了，所以就只能責怪桂木，他要是沒調來就好了。

至於今天的事，倉內也開始懷疑是不是桂木在老闆面前說自己的壞話。搞不好真的就是如此。雖然桂木看起來恬淡寡欲，但可能其實野心勃勃，用了什麼謀略取悅老闆。在確信博取了老闆的信任之後，就開始鏟除倉內這個老闆的心腹——

有可能。

倉內喝完冷掉的茶。

但是，老闆和倉內之間有四年來建立的信賴關係，不可能因為桂木的幾句挑撥，就輕易被破壞。而且老闆向來討厭別人說同事的壞話，認為組織內部的成員「互捅」

是導致組織弱化的元凶。

既然這樣，到底是什麼原因，讓老闆冷淡地對自己說「你不用了」？

難道是赤石縣議員進去知事室後，和知事說了什麼關於倉內的事？不可能。赤石是為了明年知事選舉的事找老闆，從他的表情就可以看出來，而且他在進去之前，對倉內說的那句「打擾一下」，完全感受不到嫌惡或是冷淡。

不是今天，果然是前天。老闆的「無視」是從前天開始。

倉內看向半空。

前天星期一……倉內在上午請了半天假去拔牙，中午過後才進辦公室。老闆一點過後才從外面回來。倉內對老闆說「辛苦了」，但是老闆頭也沒回，不發一語走進知事室。昨天則是都沒有打照面，因為老闆去縣內北部地區視察，一整天都沒有進辦公室。

倉內皺起眉頭，用力閉上眼睛。

他完全沒有頭緒。他自認從來沒有做過什麼虧心事，難道是無中生有的誹謗中傷嗎？有人恨自己嗎？到底是誰？

「課長——」

倉內聽到聲音後睜開眼睛，副知事的秘書鈴木擔心地看著他。

「你沒事吧?」

「沒事。」

「你的氣色很差。」

「我沒事,找我有什麼事嗎?」

「喔,對,明天記者會的資料,我已經放在你桌上了,請你回辦公室之後過目一下。」

「我知道了。」

「還有你之前要我幫忙找釣魚誘餌的書,也一起放在你桌子上了。」

「啊,不好意思,謝謝你。」

倉內被自己說的話嚇了一跳。

謝謝你——

三個字的遺書。那是寄給倉內的遺書。

倉內不知道遺書上的「謝謝你」這三個字帶有多少諷刺的意味——只能說是惱羞成怒。自己並沒有拒人千里,只不過萬一那件事傳入了老闆的耳朵……

倉內咬著嘴唇。

他詛咒著這份不幸——不得不再一次在心裡翻出那件早已想要忘卻的往事。

3

倉內邁著沉重的步伐走上樓梯。

知事辦公室秘書課位在縣政府大樓二樓的南側角落，通往辦公室的走廊中央鋪了紅色地毯。倉內一個人的時候，都會避開紅地毯靠邊走。因為走在為老闆鋪的地毯上，會讓他產生一絲罪惡感。他並不討厭這樣的自己。

秘書課內有差不多十名左右的職員。倉內走向公務車管理股的辦公區。技師職系的主管吉澤管理長抬起頭時，倉內向他打招呼。

「牛久保先生在嗎？」

「他今天公休，請問有什麼事嗎？」

「不，沒什麼特別的，那沒事了。」

牛久保、加山和五嶋這三個人輪流擔任知事和副知事的公務車司機，前天是牛久保為老闆開車——

倉內回到自己的辦公桌前。

他猶豫著要不要打電話給牛久保。雖然他知道很難在電話中向牛久保打聽老闆在車上的情況，但他無法懸著一顆心到明天。

他注視著電話時，電話響了。

「我是秘書課長倉內。」

『啊啊，我是牧野，牧野，剛才——』

倉內在心裡咂著嘴。原來是一大早就跑來的『牧野電子』的社長。

『你有沒有向知事報告那件事？』

「還沒有，知事今天一整天都在外面。」

『能不能安排我和知事見一面？只要幾分鐘就好。』

「你有什麼事，告訴我就好，我會轉告知事。」

『再這樣下去，我的公司會破產，七海對我們見死不救。他對台灣很失望，說什麼零件材料沒有他想的那麼便宜，他無法降低成本。他只是沒有努力去找便宜的零件而已。現在他進退兩難，打算等我們垮了之後就撤退，對他們來說，這種事根本不痛不癢。我們到底該怎麼辦？』

牧野的聲音聽起來似乎已經走投無路了。

倉內有一種被逼入絕境的感覺。

「牧野先生，你有沒有找過功寶議員和音輪議員？」

『當然找過啊，但是都不行。無論是國會議員還是縣議員，都只會幫七海說話，他們都只顧選票。』

知事同樣要顧及啊。

『拜託你幫幫我，求求你了。』

請你幫幫我——

向井嘉文跪在他面前時的背部浮現在眼前。

那是一個半月前發生的事。晚上十點多時，向井突然來到倉內家。向井是家具廠的老闆，有將近三十名員工，向井資金周轉不靈，上門來向倉內借錢。

他們並不是朋友，沒什麼交情，甚至可能稱不上是熟人。十年多前，倉內在中小企業支援對策室時，曾經向向井說明了如何申請特別融資。幾年前，在串燒店巧遇。向井主動來打招呼，兩個人聊了一陣子——他們的關係僅此而已。而向井既然會基於這種似有若無的交情上門，因此倉內判斷他已經找遍金融機構、朋友和親戚，真的走投無路了。

向井雙腿一軟，跪在倉內面前。向井說他五十五歲，和妻子有兩個孩子。他的額頭碰到了水泥地。請你借點錢給我，無論多少都沒有關係。

倉內大吃一驚，拚命想要把向井扶起來。倉內完全不知如何是好，腦海中想起死去的父親在生前說的話。如果要借錢給別人，就當作是送給對方——只能借出就算對方不還，也不會影響自己生活的金額；即使對方不還，也不會記恨的金額。

我沒錢借你。倉內很想這麼說，甚至覺得借錢給不熟的人這種行為，實在不太合於自己的原則，不太妥當。更何況他的手頭並不寬裕，並沒有多餘的錢可以借給別人。房貸還要十年才能還完，正在讀大學的長子和長女都在東京租房子生活，每個月為了寄生活費給一對兒女，都必須動用以前的存款。現在是人生中最需要花錢的時期——這句話已經變成老婆這幾年的口頭禪。

但是，他最後無法把「我不能借你」這句話說出口。他聽從父親的交代。「二十萬圓的話，我可以下週借給你。」向井聽到這句話，原本凝重的表情發生變化，深鎖的眉頭突然鬆開，茫然的臉上露出一絲笑容。那是悲傷的笑容。杯水車薪。向井的表情似乎訴說著這個現實。向井站起身，朝倉內深深鞠躬，什麼都沒說，就消失在小巷的黑暗中。

倉內很難過，那天晚上輾轉反側。他躺在被子裡對自己說，自己並沒有拒絕借錢給他，然後把他趕走。自己對這樣的結果莫可奈何，難道非得把家裡所有的財產都交給一個交情不深的人，才算不違背做人的道理嗎？

兩天後，在地方版的「訃告欄」上，他看到向井嘉文的名字。訃告中並沒有寫死因，他透過一名派到消防防災課的警部向轄區警署打聽，發現向井在家中上吊自殺。那天晚上回到家時，收到向井寄來的信。一定是向井在自殺之前寄的。信中只有一張信紙。謝謝你。信紙的正中央，用原子筆潦草地寫了這三個字。

倉內沒有去參加向井的守靈夜，也沒有參加葬禮。他太害怕了，所以不敢去。向井在上門找倉內的隔天自殺了。二十萬。倉內不難想像，這樣的金額讓向井失望。

謝謝你。這三個字是復仇嗎？這是人生在世，最重要的一句話，但是每次說「謝謝你」這三個字，倉內就會想起向井茫然的表情和悲傷的笑容。

不知道向井在自殺之前，有沒有向他太太提起倉內的事。如果曾經提過，到底是怎麼說的？向井的葬禮一週之後，家裡接到了不出聲的電話。倉內懷疑是向井的太太。無論別人怎麼看他，倉內就像在唸咒語般一次又一次重複這句話——難道非得把家裡所有的財產都交給一個交情不深的人，才算不違背做人的道理嗎？

但是——

如果老闆知道了這件事，他會怎麼想？會同情倉內，覺得他遇到了無妄之災嗎？

當然不會。

薄情寡義。老闆一定會想到這個說法，難以理解倉內面對公司經營遇到瓶頸，上門下跪借錢的人，竟然答了「二十萬」這樣一個數字。老闆一定會蔑視倉內，心生嫌惡。即使在理智上認為倉內沒做錯，在感情上仍無法接受。倉內是縣知事的秘書課課長，是自己的左右手，因此更加無法原諒。一定覺得倉內薄情寡義，心胸狹窄。

『倉內先生，你有沒有在聽我說話？』

牧野還在電話彼端滔滔不絕。

『我不能讓一百七十名員工失業，萬一真的變成這樣，我死也無法瞑目。』

千萬不能安排他和老闆見面。倉內再次下定決心。老闆只要當面聽了牧野的陳情，明知道會對明年的選舉帶來負面影響，仍然會向『七海電子』表達意見。

老闆就是這樣的人。

正因為這樣，才需要薄情寡義、心胸狹窄的人成為左右手。這不是為了自保，自己只是希望能夠繼續支持老闆。倉內在內心自我辯解。

4

倉內準時下班，離開了縣政府辦公大樓。

他沒有回家，而是從N車站搭私鐵往西。好久沒有在傍晚的尖峰時間搭車了，但他心事重重。

從M車站走到牛久保家大約五分鐘左右，那棟房子位在棟距很近的社宅角落。我剛好到這附近來——倉內想不出其他理由。只能這樣說了。倉內按下玄關的門鈴。

牛久保大吃一驚。倉內特地挑選晚餐之前上門，沒想到牛久保已經開始喝酒，眼角和鼻尖都已經紅了。

牛久保帶他來到走廊盡頭的客廳。牛久保的太太和岳母都盛情歡迎，但他婉拒她們為他倒酒。

「牛久保，你繼續喝沒關係，不必在意我。」

「啊呀，不能再喝了，再喝下去，亞馬遜女戰士就會開罵了。」

牛久保的女兒身穿著制服，淡淡打招呼後，就起身離開了。牛久保看著她的背影，大聲笑著這麼說。他比倉內小三歲，年紀將近五十歲，是老闆最信任的司機，因此倉內認為必須小心謹慎地切入正題，當牛久保添油加醋聊著課內的八卦時，倉內在一旁附和。

「話說回來，佐和子姐真的老了，往日的亮麗不再啊。」

「她和我同年，歲月催人老啊。」

「難免會被拿來和桂木比較，他看起來更光鮮亮麗。」

「是啊。」

「老闆似乎被桂木的魅力收服了，在車上的時候經常聊起他。」

牛久保突然聊到核心話題，倉內覺得他是故意的。

倉內勉強擠出笑容。

「任何人都會覺得他很可愛，他坦率又清新，結果老闆就討厭我這個老頭子了。」

倉內說這句話有一半是試探，一半是真心話。

「啊喲啊喲，你太謙虛了。」

牛久保嘴上這麼說，但笑容卻顯得有些僵硬。

「我是說真的，聽說前天把我說得很難聽。」

倉內用這種方式套話，沒想到牛久保的反應超乎想像。牛久保竟然無言以對，他似乎猜到了倉內突然造訪的理由。

「喂喂喂，牛久保，你沒有理由沮喪吧。」

「……」

「老闆說了什麼？」

「……」

「他是不是說我薄情寡義，或是冷酷之類的？」

倉內似乎猜中了。牛久保的眼睛瞪得比剛才大一倍。他剛才喝的酒剛好發揮作用，他無法控制自己的表情。

跪坐在榻榻米上的倉內將膝蓋往前挪動，拉近距離。

「請你告訴我，是不是這樣？」

「呃，啊，的確說了類似的話……」

牛久保低頭看著榻榻米。

「老闆有說理由嗎？」

「沒有，那倒是沒說。」

「他是怎麼說的？」

「他好像在自言自語，說什麼看走了眼，諸如此類的……」

倉內覺得眼前一片漆黑。

「看走了眼——老闆這麼說嗎？」

「啊，不，我不是很確定，老實說，我也不清楚是不是在說你……」

大久保閃爍其詞。

倉內很想逃離眼前沉重的氣氛，從牛久保家告辭。

通往車站的路一片漆黑。

他的心情淒冷。

我看走了眼——

老闆知道向井嘉文的事了。絕對是這樣。

但是……

倉內放慢腳步。

老闆為什麼會知道這件事？難道是向井的老婆或是親戚打電話給老闆嗎？不太可能。知事室的專線電話並沒有對外公開。如果撥打縣政府的總機，要求轉到知事室，接線員並不會轉到知事室，而是轉到秘書室。秘書室確認後就會攔下電話。普通民眾打來的電話不可能轉到知事室。而知事官邸的電話是高度機密，向井的親朋好友不可能知道。若是陌生人送郵件到官邸，會基於安全考量，必須經過「檢查」，因此普通民眾的聲音無法直接傳達給知事。就像寄到縣政府的民眾投書一樣，必須經過好幾道安全檢查，才能夠被知事看到、聽到——

倉內突然想到一件事。

投書……

他想起了四年前的痛苦回憶。

那是他成為秘書課長才一個月的時候，老闆看到了一封抱怨倉內的投書。那是一名市民參加縣政府協辦的縣民保齡球比賽後寄的明信片。

『代表知事來參加活動的秘書課長一副目中無人的態度，對人愛理不理，讓人看了很不舒服。』

其實那是倉內第一次代表知事去參加活動，內心很緊張，但是老闆得知後大發雷霆地說：「你不要忘記，你出去的時候就是代表我。」倉內在那天早上確認投書時，並沒有看到那張明信片。當時他還在逐漸適應秘書課長的工作，以為自己不小心漏看了。雖然這是前一天過濾投書的公關民意股的疏失，但是倉內並沒有責備下屬。因為那封投書的大部分內容，都是感謝知事積極推動縣民的休閒活動。

那麼，這次的情況又是如何？

倉內慢慢走上車站內的階梯，他的思緒，正夾帶著各種負面情緒，如雪崩般奔湧潰堤。

前天上午，倉內因為拔牙請了半天假，並不在秘書課——倉內不在辦公室時，公關民意股進行過最後確認，然後交給老闆——桂木同時兼任公關民意股的業務——故意「放行」和向井嘉文有關人員寄來的投書。

倉內搭上往市區方向的電車。

車窗外流動的萬家燈火，就像是桂木深藏在內的野心。

5

隔天上午。知事辦公室秘書課極為忙碌。九點半將舉行每月一次的知事記者會，各個局處的主管和職員都進進出出，為專門跑縣政府線的記者可能會提出的各種問題進行準備。

在忙碌告一段落後，倉內拿著文件起身，看向辦公室深處。桂木正在從置物櫃中拿出文件。他今天穿了一套淡紫色的西裝，可能打算和知事一起去記者會見室。

倉內繞過辦公桌，站在知事室前，用力敲門。「進來。」門內立刻傳來回應聲。倉內擺脫內心的猶豫，打開了門，站在厚實的地毯上，反手關門。

四方田正坐在辦公桌前整理名片。他從敲門的聲音，就知道是倉內。四方田沒有抬頭看，但從他漸漸皺起的眉毛中，不難發現他的眼角餘光掃到了倉內。

看走了眼——

倉內不由得放慢原本邁開的步伐，但又覺得猶疑不定可能讓四方田解讀為愧疚，於是便立刻大步走到四方田的辦公桌前。

「知事，早安。」

「嗯。」

四方田的聲音聽起來很不悅，一直低頭看著名片夾。

倉內把文件放在辦公桌角落的「待裁決」盒子內，然後把今天早上挑選出來的五封投書放在上面，也把昨天來不及給知事的四封投書一併放入。

「知事，有三天份的投書。」

「好。」

一陣令人不快的沉默籠罩下來。倉內鼓起勇氣，打破這個僵局。

「請問知事看了星期一的投書嗎？」

四方田看向倉內，眼神中沒什麼感情。

「看了，怎麼了嗎？」

關於我的事——這句話已經到喉嚨，但最後還是沒有說出來。因為四方田又低頭看著手上的名片夾。倉內覺得四方田似乎在明示，他對倉內沒有興趣。

他覺得四方田變得很遙遠，要在這個當下，開口詢問是否有關於自己的投書、對方是否為向井嘉文的關係人、投書的內容是什麼，甚至進一步解釋自己當初提出「二十萬」這個數字的內心想法，根本就是不可能的任務。

這時，「此地無銀」的危險信號開始在腦袋裡閃爍。如果四方田不是因為向井的事覺得自己對倉內看走眼，倉內若開口，就等於主動向他提供第二項不利於自己的證據。

「還有什麼事嗎？」

房間內響起了他害怕聽到的那句話。

「沒……」

「那就回去做事吧。」

「……是。」

但是，他的兩隻腳無法動彈。如果不趕快離開，四方田會動怒。雖然明知道結果，卻仍然難以離開。一旦走出去，就再也無法走進這個房間——他的內心充滿了帶有這種恐懼的想法。

敲門聲救了他。

四方田應答後，門打開了，蓮根佐和子嚴肅地出現在門口。

「知事，時間到了，請移駕去記者會議室。」

「好——先叫桂木過來。」

桂木可能就等在門口，不出幾秒，身穿淡紫色西裝的他就走了進來。倉內不知如何是好，只能站在原地。

四方田嚴肅地看著桂木問：

「我想他們會問我是否會三度參選，到時候該怎麼回答？」

桂木不慌不忙。

「知事打算表態了嗎？」

「現在還不行，如果不是最先在議會表明參選的態度，那些議員會不高興。」

「既然這樣——」桂木笑了笑，「只要微笑就好。」

「微笑？」

「對，如果記者發問，不要立刻回答，只是靜靜地露出肯定的笑容。記者瞭解您的內心想法後，就會滿意了，但又無法直接寫成新聞稿，說您將出馬投入選戰。」

「原來如此……但是，如果他們追問怎麼辦？」

「這次就露出苦笑，巡視在場所有的記者，看每一個人的眼睛，然後回答說，正在考慮，讓他們覺得，雖然知事很想明確表態，但現在還不能說，請他們諒解。只要表現出內心天人交戰，就可以正向刺激他們身為記者的自尊心，讓他們覺得自己知道了普通人不知道的內情。這種滿足感可以讓他們對您產生親近感，自然會寫出正面的報導。」

倉內走出知事室。

他感到胸口好像被撕裂般的痛苦。桂木開始發揮他的才幹，而且深得老闆的賞識。倉內內心的嫉妒和挫敗感交織在一起，心情亂成一團。

不僅如此。

桂木建議老闆對付記者的厲害招數，讓倉內看到了他的本性。桂木會這麼做——

把投訴倉內的投書交給老闆。自己被桂木捅了一刀——

6

這天下班後，倉內先回家一趟，然後開車前往Y市。因為他查到了死去的向井嘉文遺族的下落。

白天的時候，他和以前在中小企業支援對策室的下屬約在縣府大樓內的咖啡廳見面。『向井家具』果然已經倒閉，向井死後，就申請破產了。倉內撥打申請資料上填寫的向井家電話，但是只有「您撥打的電話因對方用戶的原因，暫時無法接通」的語音。他又拜訪消防防災課的警部，傍晚的時候接到Y警署刑事課打來的電話，一名姓光岡的刑警告訴倉內，向井的妻子靖子目前住在她姊姊家。

倉內在十字路口找到作為路標的便利商店，向左轉動方向盤。道路很狹窄，柏油路鋪得不平，車子發出嘎答答的聲音。倉內在出門前曾經打過電話，靖子的聲音很低沉，又問了一次倉內的名字。當倉內補充說是「縣政府的」，她才終於恍然大悟地「喔」了一聲。倉內在電話中沒有說明目的，只說想要去拜訪她。原本以為會被拒絕，但靖子模稜兩可地答應了。

倉內很快就找到了位在小公園後方的兩層樓房子。他看到一個上了年紀，看起來無精打采的女人在門口等待，顯然是在等人。

向井靖子帶著倉內來到犧牲了大半個院子空間搭建起來的組合屋。從天花板上貼著偶像歌手的海報，就知道這裡以前是小孩子的房間。四坪左右的空間內堆滿了紙箱，在這個被壓縮的居住空間裡，擺著一張木紋極其優美、卻與周遭格格不入的圓桌。這一定是專程從家裡帶來的『向井家具』產品。屋內有淡淡的線香味道，房間角落的小桌子上，放著嶄新的牌位和素雅的佛具。

「我上一下香……」

倉內在牌位前合起雙手，但是想不出該說什麼悼念的話。

當他站起來時，靖子為他拉開桌子旁的椅子。

「請坐。」

「好……」

倉內很後悔自己不請自來。白天看到老闆和桂木的親近，讓他方寸大亂。為了瞭解桂木的企圖，他努力尋找靖子的下落，但其實在電話中聽到靖子的聲音時，就知道投書和靖子無關。倉內憑直覺知道，並不是她。

實際見到靖子後，這種直覺變成確定。靖子從主屋端茶進來時的表情沒有一絲敵意。向井可能並沒有告訴靖子曾經向倉內求助的事。如果是這樣，根本沒必要問她是否寫了那封投書。

「是不是造成你的困擾了？」

靖子擔心地問。

「妳是說哪一件事？」

「你不是為了這件事來找我嗎？」

「啊？」

「就是那封信。向井的弟弟說，他寫信去縣政府，說了你的事。」

倉內整個人都愣住了。突如其來的衝擊，讓他完全說不出話。

靖子滿面愁容地問：

「你不是為了這件事來找我嗎？」

「……向井先生的弟弟？」

「嗯，是啊。」

「這樣啊……原來是他弟弟……」

「果然造成了你的困擾？」

「不，沒這回事，並不是這樣。」

倉內語無倫次，很想甩自己巴掌。

「請問，向井先生的弟弟在信上，提到了……借錢的事嗎？」

「對，真的很抱歉，他情緒很激動……」

靖子無力地垂下眼睛。

那天晚上——向井從倉內家回來之後，向靖子和弟弟說明所有的情況。如果二十萬的話，下個星期可以借你——在『向井家具』擔任專務董事的弟弟怒不可遏地說：「才二十萬？還下個星期？他太看不起人了。」雖然向井勸弟弟說，原本就沒理由去向倉內借錢，根本沒有理由恨倉內，但是仍然無法平息弟弟的怒火。「你說你認識他，所以才會指望他，你不是說，他一定會幫忙嗎？所以我這邊才厚著臉皮去恩師家借錢。要是早知道你這邊不行，我就不會去了！反正最後都只能破產了啊——」

「他原本就是一個自私的人，公司經營出了問題後，他和太太的感情出了問題，當時正在調解離婚。」

倉內只能點頭。

靖子輕輕嘆了一口氣。

「弟弟內心覺得，是因為自己說了那種話，向井才會自殺，為了掩飾這件事，把你當成壞人，寫了那封信……真的很抱歉。」

倉內也嘆了一口氣。

終於搞懂是怎麼一回事了。向井的弟弟寄出痛罵倉內的信，桂木把那封信交給老闆，老闆看到這封信後，在牛久保面前說「我看走眼了」。

有辦法讓老闆重拾對自己的信任嗎？

恐怕很難。向井的弟弟在信中寫的內容並非無中生有。二十萬圓的話，我可以下個星期借給你。所以，向井才……

靖子添了茶給他。

「向井很感謝你，弟弟回家之後，他一直說你是好人。」

倉內聞言，實在無法點頭同意。

「是嗎？」倉內忍不住這麼問：「妳先生應該也很恨我。」

「沒這回事，他說你很認真聽他說話。」

「妳先生寫了一封信給我。」

倉內原本不打算提這件事，但是現在無法不說。

「我老公？」

「對，沒錯，信裡有一張信紙，上面只寫了三個字——謝謝你。」

靖子寫滿驚訝的臉立刻放鬆下來。

「我想就是字面上的意思。」

「是嗎？我覺得……」

倉內結巴起來。諷刺——他覺得靖子應該說不出這兩個字。

「他經常提起你。」

「啊？」

「他說當年找你討論融資的事時，你很熱情，而且他還經常得意地說，曾經和你一起喝過酒。他應該真的很高興，所以經常在我、他弟弟和員工面前提起這件事。倉內先生，聽說你的興趣是釣魚？」

「是、是啊……」

「我老公也喜歡釣魚，他說你們有相同的興趣，聊得很開心，還說好以後要一起去釣魚。」

倉內完全不記得這件事。

「他在報紙上看到你當上秘書課課長時很興奮，簡直就像是自己升了職。他說你果然與眾不同，說他看人很準，像你這種人，沒有理由不高升。」

倉內說不出話。

「那次之後，他比之前更經常提起你，在公司的朝會時，很得意地提起你的事。所以他——」

靖子的嘴唇微微顫抖。

「他曾經在弟弟和員工面前吹噓，因此他在最後關頭，不得不去向你借錢。」

靖子的淚水在眼眶中打轉，倉內忍不住移開視線。

「他在去之前，就知道不可能借到錢。他從你家回來之後，表情很平靜。他一定以為會吃閉門羹，因為他比任何人更清楚，你們只是喝過一次酒的關係，但是你很認真地聽他說話，而且還說要借二十萬給他……所以才會對你說謝謝。」

倉內無法將視線移回靖子身上，只能盯著用麥克筆寫在紙箱上的字。

「爸爸．夏天衣物」——

這幾個字漸漸模糊，他什麼都看不到了。

他的腦海中浮現向井的臉。

當倉內說出二十萬的金額時，向井露出笑容。

茫然的臉上露出了一絲笑容。

倉內原本以為是悲傷的笑容，但是……

靖子似乎擦乾眼淚。在短暫的停頓後，聽到了她重整心情後的聲音。

「這很像是他的作風，只是簡單地說『謝謝你』三個字，連敬語都沒有。」

倉內含淚的雙眼看向靖子，看到一張淚中帶笑的臉。

「他大概是想試著像對釣魚的夥伴一樣，用輕鬆的口氣對你說吧。就只說一句——『謝謝你』。」

倉內想要揚起笑容，但這時，懷裡的手機響起。手機螢幕上出現秘書課的專線電話。

『啊，課長，我是桂木。』

「有急事嗎？」

『不，並不是。』

「那我等一下打給你。」

倉內簡短說完後，掛上電話，然後站起身。靖子立刻露出了不捨的眼神。

倉內再次跪在牌位前。請你安息……請你安息……他在心裡默唸了好幾次。

他跪著轉身面對靖子說：

「我下次再來打擾，到時候要好好聽妳聊一聊向井先生的事。」

7

月光皎潔。

倉內回到車上，從懷裡拿出手機，按下設定給秘書課專線電話的快速撥號。桂木立刻接起電話。

「你加班到這麼晚啊。」

『是的，因為知事私下和一新會的縣議員見了面。』

倉內完全不知道這件事。

原本平靜的心再度泛起漣漪。

「找我有什麼事？」

『牧野電子的社長發生車禍，目前已經送去縣立醫院。』

倉內大驚失色。

「傷勢怎麼樣？」

『造成腦震盪和腿骨折，但生命沒有危險，我想昨天早上他來過，應該通知你一下比較好。』

「你是從哪裡得知這個消息？」

『醫院。牧野社長起初神智不清時說想要見知事，收治他的是縣立醫院，因此醫院方面就很貼心地打電話來問，是不是知事的熟人。我已經回答說，和知事毫無關係。』

毫無關係……

「上一次選舉時，牧野社長出了不少力，怎麼可以說毫無關係？」

『但是我覺得最好不要讓這種人接近知事，課長，你不是也這麼做嗎？』

「問題是他目前受了重傷，只要說是知事的有力支持者，醫生應該會多照顧他。我現在馬上去醫院看看。你可以安排一下，明天一大早就送花去醫院嗎？」

『……送花嗎？』

電話中傳來桂木不太服氣的聲音。

『我覺得最好避免做這種事，只會讓他得寸進尺。』

「你才得寸進尺吧？」

倉內脫口而出。

『啊？』

「你的確很有能力，今天早上記者會前提供的建議很出色。正如你說的，那些記者都很高興，明天各大報的早報，應該都會刊登正面的報導。我承認對老闆來說，你的確很重要，我不會妨礙你，你也不要妨礙別人，更不要使出扯別人後腿這種卑劣的手段。」

『啊？什麼意思？我完全聽不懂你在說什麼。』

倉內覺得桂木的聲音中帶著笑。

「你別裝傻了。我星期一不在辦公室時，你做了什麼？你是不是讓老闆看了根本沒必要的投書？」

桂木這次真的笑了。

『我怎麼可能有辦法做這種事？星期一那天，我們去為各地的縣立設施拍照，包括我在內，公關民意股所有人都去了。』

8

走進已經熄燈的醫院需要一點勇氣。

牧野昭夫已經從加護病房轉到單人病房。右大腿骨折，需要兩個月才能痊癒。他在穿越縣道時，被四噸的卡車撞到。

這裡理應是全責照護病房，但一頭白髮的牧野太太仍陪在病床旁。牧野看到倉內走進病房，露出了不自在的笑容，粗魯地甩開太太放在他手臂上的手。

「牧野先生，你不要亂來啊。」

倉內看到牧野太太走出病房後，在鐵管椅上坐下來。

「卡車司機說，你突然衝到馬路上。」

「……」

「我剛才去了一位自殺身亡的社長家裡。」

「開什麼玩笑，我才不是你想的那樣，我只是恍神而已。」

「嗯，我想也是。」

「我現在還不能死，如果我現在死了，只會讓七海的傢伙稱心如意。」

「是啊。今天去的社長家，他太太看起來是那麼孤單。畢竟，連個能說話的伴都沒有了啊。」

「那家公司有幾個人？」

牧野氣鼓鼓地問。

「你是問員工人數嗎？」

「嗯。」

「差不多三十人左右。」

「哼。」牧野不屑地笑笑，「三十個人其實也一樣。」

「什麼一樣？」

「我是說——」

牧野重重地吐氣，「到了這個地步，眼中不是只有老婆和孩子而已，在開公司的人眼中，員工是寶。」

「什麼意思？」

牧野注視著天花板問：

「那個人買了多少保險？」

「我沒有問。」

「只要不是剛買的保險，即使自殺也會理賠。對那些一直努力工作的員工，至少希望能夠補償給他們一點錢。」

「別說這些了。」

「也對，你不可能瞭解。畢竟，沒有經歷過同樣的處境，是不會懂的。」

牧野的話直擊倉內的內心。

沒有經歷過同樣的處境……

對喔，原來是這麼一回事！牧野的這句話，一下子解開了百思不解的謎團。

牧野太太走回病房後，倉內起身離開了。

當他打開病房門時，身後傳來一個聲音。

「謝謝你。」

倉內回頭看向病床，注視著刻意將臉轉開的牧野。

9

隔天，一大早就是晴朗的好天氣。

倉內在自己的辦公桌前檢閱民眾的投書。知事室「在內」的燈亮著，「會客中」的燈已經熄了，但是十分鐘前，老闆把桂木叫進去。

「蓮根小姐——」

倉內叫了一聲，坐在對面辦公桌的佐和子伸長脖子看向他。

清脆的高跟鞋聲漸漸靠近。

「什麼事？」

「老闆今天的行程有空檔嗎？」

「四點到五點半之間沒有行程。」

高跟鞋聲走了回去。

「啊啊，蓮根小姐。」

「啊？」

佐和子停下腳步，倉內注視著她的雙眼。

佐和子微微歪著頭。

「一直以來，都很謝謝妳。」

佐和子聞言，眼中透出害怕恐懼。她的眼角抽搐，魚尾紋看起來更明顯了。她欲言又止，但最後只是轉過臉。

倉內注視著佐和子走向自己座位的背影。

畢竟，沒有經歷過同樣的處境，是不會懂的——

如果沒有桂木，自己可能不會發現。佐和子早在倉內來到這裡的三年前，就已經在為老闆效力了。那時老闆賞識她的能力，請她擔任秘書，但是她失去了往日的光采，不是因為年齡，而是因為後來加入的倉內，搶走了老闆的信任。

倉內低頭看著手上的投書。這次和四年前的事，應該都是佐和子的傑作。

不可思議的是，倉內的心情平靜無波，剛才的道謝是發自內心。至今為止，佐和子的機智化解很多次危機，倉內從她身上學到成為稱職秘書的要領。但是，倉內從來沒有回報，反而經常差遣她做很多事，搶走很多原本屬於她的工作，而且看到老闆越來越賞識自己，還感到沾沾自喜。

如今，倉內終於瞭解，「謝謝」這兩個字是請求對方的原諒。

他輕輕吐出一口氣，開始思考另一件事。老闆四點到五點半有空檔。倉內拿起電話，撥打了「一〇四」。

等候音格外悅耳。

自己效忠老闆多年，為老闆做了很多事，利用老闆一次並不過分。

『讓你久等了，這裡是一〇四，我姓木村。』

倉內注視著「在內」的燈說：

「麻煩你幫我查一下七海電子的電話號碼。」

春日
ハルヒブンコ
文庫
172

看守者之眼
看守眼

看守者之眼/橫山秀夫作；王蘊潔譯. -- 初版. -- 臺北市：春天出版國際文化股份有限公司, 2025.09
面；公分. -- (春日文庫；172)
譯自：看守眼
ISBN 978-626-7735-40-4(平裝)

861.57 114008976

版權所有・翻印必究
本書如有缺頁破損，敬請寄回更換，謝謝。

ISBN 978-626-7735-40-4
Printed in Taiwan

KANSHUGAN by YOKOYAMA Hideo
Copyright © Hideo Yokoyama 2004
All rights reserved.
Original Japanese edition published in 2004 by SHINCHOSHA Publishing Co., Ltd.
Traditional Chinese translation rights arranged with SHINCHOSHA Publishing Co., Ltd. through Japan Creative Agency, Tokyo
Traditional Chinese translation copyrights © 2025 by Spring International Publishers Co., Ltd., Taipei

作　　者　橫山秀夫
譯　　者　王蘊潔
總 編 輯　莊宜勳
主　　編　鍾靈

出 版 者　春天出版國際文化股份有限公司
地　　址　台北市大安區忠孝東路4段303號4樓之1
電　　話　02-7733-4070
傳　　眞　02-7733-4069
E－mail　bookspring@bookspring.com.tw
網　　址　http://www.bookspring.com.tw
部 落 格　http://blog.pixnet.net/bookspring
郵政帳號　19705538
戶　　名　春天出版國際文化股份有限公司
出版日期　二〇二五年九月初版

定　　價　410元

總 經 銷　楨德圖書事業有限公司
地　　址　新北市新店區中興路二段196號8樓
電　　話　02-8919-3186
傳　　眞　02-8914-5524
香港總代理　一代匯集
地　　址　九龍旺角塘尾道64號 龍駒企業大廈10 B&D室
電　　話　852-2783-8102
傳　　眞　852-2396-0050